那些年的故事

刁德康 著

中国言实出版社

图书在版编目（CIP）数据

那些年的故事 / 刁德康著. -- 北京：
中国言实出版社，2022.9
ISBN 978-7-5171-4303-1

Ⅰ.①那… Ⅱ.①刁… Ⅲ.①小说集—中国—当代
Ⅳ.①I247

中国版本图书馆CIP数据核字（2022）第166837号

那些年的故事

责任编辑：宫媛媛
责任校对：张国旗

出版发行：中国言实出版社
　　　　　地　　址：北京市朝阳区北苑路180号加利大厦5号楼105室
　　　　　邮　　编：100101
　　　　　编辑部：北京市海淀区花园路6号院B座6层
　　　　　邮　　编：100088
　　　　　电　　话：010-64924853（总编室）　010-64924716（发行部）
　　　　　网　　址：www.zgyscbs.cn　　电子邮箱：zgyscbs@263.net

经　　销：新华书店
印　　刷：北京温林源印刷有限公司
版　　次：2022年9月第1版　　2022年11月第2次印刷
规　　格：880毫米×1230毫米　　1/32　　6.5印张
字　　数：100千字

定　　价：36.00元
书　　号：ISBN 978-7-5171-4303-1

目 录

怀念"花花"

这个故事，一生难忘。

小学三年级的时候，我做梦都想有只狗。

野罗的爸爸给他买了一只大黄狗，这只狗每天都跟着我们去放牛、砍柴，一路东闻闻、西嗅嗅，在前面为我们开路；平时就蹲坐在家门口，假装严肃地望着远方，活像一位威武的卫士。野蛋子的爷爷也养了一条小黑狗，野蛋子到哪儿，它就跟到哪儿，尾巴一甩一甩的，可爱极了。还有乌桑、小泥鳅、哑叮当、水鸭子……他们家都有狗。

妈妈说咱家以前养过狗，我有点印象。好像是

六岁那年，家里养了一只大黄狗，后来那只大黄狗被"打狗队"的人一棒子打死，抬到乡里宰了吃了，家里从此就再也不养狗。

我每天都哭闹着要一只小狗，并且对妈妈说，如果不给我买小狗我就不去上学，不去放牛，不去砍柴，不吃饭，不喝水……

　　终于，爷爷爱孙心切，从村头石塘大伯家抱回一只小花狗。

　　小花狗实在是太可爱了，两只眼睛水灵灵的，总是不停地眨巴着，晚上拿手电筒往它头上一照，眼睛闪闪发光，仿佛明亮的星星。两只耳朵软软的，很自然地垂了下来，就像两片树叶贴在脸上。最有趣的是它的嘴巴，无论是走路还是躺在地上，都吐出红红的舌头，一动一动的，很滑稽，把手放上去，它还会一个劲儿地舔你的手，痒痒的，很舒服。

　　我给它起名叫"花花"。

　　花花很通人性，刚来到我们家就成了大家的好朋友。吃饭的时候，它总是懂事地在饭桌旁边蹲守着，只要我们往下丢一块菜叶或者一个饭团，它就会像箭一样冲过来，张嘴接住，然后津津有味地吃起来。吃完以后还会舔舔嘴巴，眼睛一闪一闪地望着我们，好像在说："味道真好，我还要。"我做作业的时候，花花会跳上书桌，躺在我的书本上呼呼大睡，肚子一张一缩的，像条大懒虫。我上学去了，

花花就坐在奶奶身边陪奶奶切猪草，或者守着爷爷晒太阳。

狗是人类忠实的好朋友，尤其在乡下，狗还是家里最可靠的卫士。每天太阳一下山，花花就准时坐在我家门口的石磴上，像哨兵一样扫视四周，如果发现动静，就会不停地叫，然后冲过去看个究竟，一旦"敌情"解除，它又会原路返回，重新坐在"制高点"上站岗值班。

东方翻出了鱼肚白，奶奶第一个起床。大门"吱呀"一声开了，花花闪电一般冲到大门口，围着奶奶摇头晃脑，两条后腿站立起来亲奶奶。"哎，花花，下去，快下去，再舔我就打你啦！"奶奶受不了花花的热情，举起巴掌吓它。花花马上乖巧地站在地上，原地打几个滚儿，接着就压低耳朵，挺直脖子，疯狂地绕着屋子跑上几圈，好像在庆祝奶奶起床。家里人一个接着一个起床了，花花也一个接着一个地围着屋子打转，兴奋得让人发笑。

周末到了，我抱着花花去放牛，去砍柴，去玩耍。有花花的日子里，我像天使一样快乐，脸上永远都是灿烂的笑容。

然而，好景不长。村里来了一个算命先生，他对爷爷奶奶说，我们家有一股很可怕的煞气！爷爷奶奶是很迷信的人，他们吓得不轻，急切地问怎么回事。算命先生绕我们家走了一圈，然后死死地盯着花花："就这条狗！它是扫把星，你看一下它的爪子，竟然是白色的！俗话说，爪子白，全家白，就担心给你们家带来白事呀！"爷爷听后，二话不说，拿起棍子把花花撵出家门，然后恭敬地问算命先生怎么办。算命先生捋了捋胡须说，最好的办法就是把狗杀了。

爷爷竟然真的去拿刀："这只扫把星，我说近来怎么身体老不妥当！"

"不！不要啊！不要！"我冲出家门抱住花花。

爷爷追了出来，厉声大骂："臭崽子，快放开，爷爷今天要把这只扫把星给杀了！"

"不行！花花不是扫把星！"

花花好像知道要发生什么，两眼湿湿的，嘴巴里发出可怜的"哼哼"声。我低头轻轻地抚摩了一下花花，泪水犹如泉水般汹涌不止："花花，没事的，不要怕！"

"你！"爷爷放下菜刀，拿起竹鞭子向我抽了过来，"你反了你！快放下这只扫把星！不然我真打死你！"

我弯腰死死地护着花花，任凭爷爷的鞭子一下一下狠狠地抽在我身上。爷爷把我按倒在地要来抢夺，我使出蛮力死护着花花，爷爷无计可施。

伴着清脆的声响，我的身上出现了一道道被鞭子抽打后留下的血痕。

最后还是奶奶心软了，她抢下爷爷手中的鞭子："老头子，别打了，这花花也挺可爱的，会不会算命先生搞错了？"

算命先生说他绝对没错，花花绝对是扫把星，会带来噩运。奶奶问有没有其他办法。

算命先生捋了捋胡子，说："办法倒是有，不过不知道你们能不能做到。"

"能，我们能做到，你快说什么办法。"

"不准这只扫把星进家门半步！"

可怜的花花，家里从此就成了它的禁区。有几次花花偷偷进来看我写作业，爷爷发现后把它打得半死，然后扔到外面。我欲哭无泪！

为了确保花花不把煞气带进家里，爷爷特意请木匠做了三扇栅栏门，花花被永远地阻隔在我们的家门外。花花无助地站在大门口，两眼湿润，一脸疑惑，像做错事的孩子。此时此刻，我总是心如刀绞，情不自禁地跑出来抱住花花。但是，每一次我抱住花花，爷爷总是跟着追了出来把我拉开，说花花有煞气，不能抱，再抱，他就偷偷把花花杀了。

花花成了爷爷和奶奶心中的魔鬼，剩饭剩菜再也不是花花的专利了，爷爷奶奶甚至再也不会主动去喂花花。爸爸妈妈拿骨头喂花花也会遭到爷爷的呵斥。花花只好自己到各家各户去捡骨头吃，到小溪里去找田螺吃。为了让花花少挨饿，我每天晚上

吃饭都悄悄把饭碗端进房间，分出一半，再用报纸包起来，到半夜的时候再打开大门送给花花吃。这时候花花总是吃得很开心，边吃边摇尾巴、晃脑袋，吃完还依偎在我的怀里撒娇。

花花，你受苦了！我们对不起你！

就这样，我每晚都跟花花抱成一团，泪如雨下。

秋收之后，家里的谷子都堆在家门口的晒谷场上，花花依然忠诚地守在晒谷场上，帮我们看管谷子。有一天晚上，花花突然疯狂地吠了起来，还夹杂着嗷叫声，紧接着全村的狗都叫唤起来。我们全家马上起床。赶到晒谷场时，只见不远处的公路上有一辆摩托车正飞驰而去，我们家的谷子散落一地，但是没有一点损失，谷子上还有大大小小的脚印，一看就知道是搏斗的痕迹。

"花花呢？"我环顾四周。

就在这时，花花从公路边一瘸一拐地向我们跑来，依然兴奋地摇头晃脑，但我分明看到，它的左后腿已经不能点地了。勇敢的花花，为了保护我们家的谷子，竟然勇敢地把小偷打跑了，还朝摩托车逃窜的方向追了出去。望着被打折腿的花花，我满怀凄怆，又一次把它抱在怀里。

爷爷却如临大敌般用力把我从花花身上拉开，还狠狠地踢了花花一脚："扫把星，都是因为你，我们的谷子才会惹来小偷！呸！"

花花"嗷"地惨叫了一声，被踹飞到地面上爬不起来。

"花花！"

爷爷硬生生地把我拉回家里，反锁上门。

秋收之后，每次放学回家，我发现花花总是伤痕累累。怎么回事？难道是爷爷趁我不在，欺负花花了？

妈妈告诉了我答案。妈妈说，花花现在哪里也不敢去，一出去就会遭到村里人的鄙视，他们一见到花花就要踢上一脚，说用脚踢扫把星才能把煞气赶跑。更可恶的是，凡是有狗的人家，都会使唤家里的狗来欺负花花。野罗家的大黑狗前天就追着花

花满村跑，最后竟然发展到全村的狗都来追咬花花，把花花咬得遍体鳞伤。花花无奈，最后只好跃过家里的栅栏门，躲在家里不敢出来。

幸运的是，这一次花花躲过了爷爷的惩罚。爷爷也是人，人心都是肉长的，毕竟花花每天都热情地讨好着爷爷，无辜地接受着爷爷的臭骂，无怨无悔。

妈妈说，爷爷甚至还抓起石头把山鸡大伯家的狗打跑了！

那一刻，爷爷的形象在我脑海中高大了起来。

但此后，花花还得待在门口，爷爷的态度很坚决，没有商量的余地。我最担心的是晚上。因为在白天，我把花花带到学校里，花花总是守在教室门口，没有人敢欺负它，哪个同学敢说它是扫把星，我就跟他拼命。谁家的狗敢来欺负花花，我就操起棍子把它一直撵到山上去，如果被我追上还要往死里打。

晚上呢，我睡得死死的，花花在家门口的叫声我根本听不见，醒不来！有好几次早晨起来，我都发现花花满身是伤，血流不止。花花，为什么我不能好好地保护你？为什么我睡得那么沉？我一定要知道，是谁把你咬成这样的，我要为你报仇！每次我把花花的脑袋捧起，花花总是若无其事地甩着尾巴，舔着我的手掌，此时，我的心更加地痛。

转眼到了冬天，我突然发现花花再也没有受过伤了，每天早上起来它全身都完好无损，但总是湿湿的，浑身发抖，这是怎么回事？

学校老师规定：不能再把狗带到学校来，否则罚站！花花还没进校门就被校长赶了出去，只能离校门口远远地等待着我下课。我在教室里度日如年，一下课便像离弦的箭一样冲到校门口找我的花花。我紧张地抱着花花，一遍又一遍地检查它的全身，花花你受委屈了吗？受伤了没？花花不要怕，有我在谁也不敢欺负你！

让我欣慰的是，花花竟然真的不再受伤了。难道是全村的狗都怕我了？这一段时间以来，我看到

欺负过花花的狗便要追上一阵子，扔几块小石头，它们怕了？

　　只是有一件事让我纳闷：为什么花花经常全身湿透，冻得打战？

　　终于，在一次体育课上，我解开了这个谜底。

　　我们乡下的体育课其实就是玩。那一天，我们大家来到池塘边扔纸飞机，看谁的飞机能飞到水面上又飞回来。结果一不小心我的鞋子掉进了池塘里，我们绞尽脑汁、想尽办法也无济于事。突然，我的眼前闪过一道亮光——我家的花花竟然从岸上一跃，跳进池塘里，接着用它的狗刨姿势熟练地游向我的鞋子。最后，花花咬着我的鞋子瑟瑟发抖地站在我的面前。

我明白了，原来不是村里的狗放弃了欺负花花，而是当这些狗追向花花的时候，花花就只能跳进水里去躲避。天寒地冻的冬天啊！

聪明的花花，可怜的花花！

我发誓：哪家的狗再欺负花花，我就跟它没完！我也要让它尝一尝当落水狗的滋味！

我的誓言还没有执行，花花就出了新的状况。那天起来，我发现它静静地躺在家门口打盹，见到我们只是摇了摇尾巴，动了动耳朵，一副毫无力气、没精打采的样子。花花生病了吗？是不是冻感冒了？我在花花的食物里放了一些感冒药，花花闻了闻，

不吃。

上午，我把花花抱到学校门口的大树下，边上课边看花花，我不能让生病的花花再受到别人的欺负。花花安静地躺在树下，蜷着身子，把头埋在肚子里，一动也不动，偶尔才抬起头来看我一眼，然后又重重地把头垂下去。

上天保佑，千万不要有其他狗过来！要过来就在第二节课过来吧，那时我们上自习课，我可以冲出去保护花花！

可是屋漏偏逢连夜雨，我们的语文课刚刚上了一半，就有两只大狗向花花走来，这两只大狗蹑手蹑脚地靠近，把前腿压得很低，眼睛里迸射出几道可怕的凶光。花花快跑！我急得快要跳起来。花花终于发现了敌人，可是它抬头看了看，又低下头继续趴在地上。

快跑呀！我急得像热锅上的蚂蚁。

大狗终于扑到了花花身上，像老虎扑食一般对着花花就咬了起来，然而花花竟然还是一动不动，不抵抗，也不逃跑，只是在痛苦地挣扎。

"啊！我打死你们！"我彻底崩溃了，就像电影中的英雄人物一般从教室里呼啸而出，顺便从墙角里操起一根木棒，冲向两只大狗。

"乓！乓！"两只大狗身上发出两声闷响，它们身体晃了晃，惨叫几声后四散逃窜。

花花的耳朵被咬烂了一只，身上还有多处伤痕，鲜血直流。它依旧趴在地上，湿润着两眼望着我，似乎是感激，又似乎是痛苦。

因为这次疯狂的举动，我被请出教室罚站了一个上午。但是我不后悔。这个上午，我一直看着花花，有我在，谁敢欺负它？

爸爸请来乡里的兽医，兽医检查了花花之后说，花花被疯狗咬了，得了狂犬病，必须尽快杀死，否则很危险。

被疯狗咬了？狂犬病？我一下子蒙了。

全部人都对花花敬而远之，就担心花花突然发病把他们给咬了，只有我坐在花花身边，看着花花，

默默流泪。我的花花，为什么你就不能过上安全、幸福和舒适的日子？

花花每天都不吃不喝，身体很快瘦了下来。

家里人杀死花花的计划被提上了日程，这一次，我没有反对，因为我知道，花花现在也很痛苦，我不忍心看着它就这样痛苦下去。

也许花花你本来就不属于这个世界，在我们家，让你受委屈了，我也没能好好地保护你，我不是称职的主人。花花，我对不起你，虽然你是我们家的匆匆过客，但是，花花，我的生命中永远有你。

望着花花，我整天以泪洗面，我多么希望自己是天使，这样我就可以拯救我的花花，可是，我不是！花花，永别了。

我向你保证，谁也不能吃你，我要给你一个隆重的葬礼。

山鸡大伯来了，水鸭子的叔叔也来了，他们是爷爷请来的"杀手"。因为爸爸不忍心下手，爷爷也年事已高，只有他们能在最短的时间内把花花送上天国。

花花突然警觉起来，躲在草堆里不肯出来。

爷爷把我叫了过去，要我把花花叫出来。我的心好痛，就像一万只马蜂在叮咬，但是那一刻，我却鬼使神差地听了爷爷的话，把花花骗了出来。花花很懂事地看着我，全身摇摇晃晃，似乎站不稳，又似乎很紧张。我按照爷爷的提示给花花套上绳索，花花像出嫁的女儿一样默默地看着我，它不知道，这根绳索是致命的……

花花死了！

"花花，是我害了你啊！……"

我的哭声穿过云霄，划破天际，漫山遍野的树木都在陪我流泪。空气凝滞，周围所有的人都在注视着我，奶奶也在不停地抹着泪水。

只有山鸡的爸爸没有，他潇洒地点着烟，扬长而去。

水鸭子的叔叔还拿来工具要剖了花花做白切狗肉，但在我不顾后果的捍卫之下，爸爸和奶奶终于

说服了爷爷，让我去南山把花花埋葬了。

我给花花立了一块没有名字的墓碑——一块不知名的石头。每次来南山放牛或者砍柴的时候，我总会不由自主地来到花花的墓地里拔草，说话。

花花，你在天堂还好吗？

你属于蓝天

乌去鸟来山色里，人歌人哭水声中。

——题记

这个故事，唯美感人。

当云雀划过天空，当画眉尽情歌唱，当燕子冲上云霄，循着雨水落下的方向俯冲而下，我总会情不自禁地想起童年陪伴我度过无数个日出日落的杜鹃鸟，想起我生命中最温馨的一段往事。

那年的七月是黑色的，我先是失去了花花，不久后爷爷奶奶又相继去世。那段日子，我的生活失

去了光亮。我每天都浑浑噩噩，茕茕孑立，仿佛行尸走肉。

八月初的一天，经过暴雨冲刷，村道显得粗粝洁净。道路两旁的紫胶树沉重地垂了下来，翻出白色的叶背，对着泥地上的小草诉说被狂风欺凌的故事。水鸭子从山地里兴冲冲地端着一捧东西回来，说要去喂狗。我瞟了一眼，是一个小巧精致的鸟窝。鸟窝里有一只刚孵出来的雏鸟，全身光秃秃的，还没有睁开眼睛，却把嘴巴张得老大。这么可怜的小生命，怎么能拿去喂狗呢？我想起了花花，想起了曾经的每一个凄惨的生命，严厉地呵斥水鸭子道："不许喂狗！"

水鸭子很无辜又很生气地说："为什么不可以？这是我从南山的杉树上掏的。"

水鸭子性格犟得像驴，最后我只好用他觊觎了很久的塑料水枪换来了他的鸟窝。水鸭子蹦跶着远去了，留下紫胶树叶上一串被水喷射过的痕迹。

我思索着怎样喂养这只雏鸟。

喂米或者豆子是不可能的，它还太小，咽不下去——去年小树家的画眉鸟羽翼颇丰了，依然被一颗大米噎死。喂米饭也不可以，它的胃还很脆弱，消化不了——况且，火墩子大哥家的八哥，养到会飞了，结果吃了几粒米饭，米饭粘在胃里面不消化，死了。至于小鱼小虾，不是所有的鸟都吃的。

我想到了卷叶虫，那种最嫩最柔软最可爱、蛋白质丰富的小虫子。记得以前村里的人养小鸟都是从吃卷叶虫开始的。所以，在把雏鸟和窝放到老鼠和猫狗够不着的地方后，我出发了。

记忆中的那个夏天，阳光清冽，我的眼睛在强烈的光线中眯成缝隙，每每经过一段树荫，双眼就一阵眩晕。在一阵接着一阵的眩晕中，我搜索着每一片植物的叶子，脑海中闪现出一条条卷叶虫的轮廓，手里却空空如也。

后山有一片竹丛，以前放牛的时候，经常牵大水牛去吃竹叶，就发现很多卷起来的叶子。我马不停蹄地跑去，尽管气喘吁吁，汗流浃背，但是当看

到一个个卷起来的竹叶团时，我两眼冒光，迫不及
待地摘了下来。我足足摘了一百多个竹叶团，抱回
家，把鸟窝拿下来，放到地面，准备让雏鸟饱餐一
顿。雏鸟听到动静，黄色的大嘴高高地举了起来，

像一朵刚刚绽放的大黄菊。它光溜溜的脖子抻得老直，身子不停地摇晃，似乎使出了最大的力气。我拿起第一个竹叶团，"刺啦"一声撕开，想着会有一条大大的、肥肥的卷叶虫出现。没想到里面除了一片发黑的竹叶和一小堆细细的虫屎外，什么也没有。我有点失望，拿起第二个竹叶团，撕开，还是没有。

怎么回事？难道这个月份卷叶虫都变成蛾子飞走了？我拿起一把竹叶团一口气撕开，结果都一样，没有。撕竹叶团的声音此起彼伏，而雏鸟一直把黄色的嘴巴张得老大，举得老高，还没睁开的眼睛激动得鼓鼓的，直到累了，才合上休息一会儿，然后继续张嘴举着，一副可怜兮兮的样子。

我心急如焚，一把一把地撕着，撕得满地都是竹叶和虫屎，手心手指全是黑色。终于，撕完大半，我收获一条笔芯一般粗、扁豆一样长的卷叶虫，如获至宝地捏起这条浅绿色的、水灵灵的虫子，轻轻放到雏鸟的嘴里。雏鸟嘴巴一收，虫子就咽了下去，然后嘴巴继续张着。

我内心有了一丝慰藉。可惜，拆完所有的竹叶团，再也没有得到另一条卷叶虫。怎么办？我想起了大伯家的菜地里有一墩小竹子，那些竹子是去年才栽种的，叶子都很嫩，一定会有很多的卷叶虫。

我把鸟窝放到一个篮子里，提着篮子带着雏鸟快步来到大伯家的菜地。

八月正是瓜果飘香的时候，满菜地的甜葛苗郁郁葱葱，一行行的油麦菜节节攀高，苦瓜、豆角、青瓜、丝瓜和南瓜，你不让我，我不让你，纷纷拿出最丰硕的果实互相展示。叶子、果子和疯长的野草，在清澈的阳光下泛着淡淡的光芒。

我手忙脚乱地打开大伯家的菜园门，径直走到竹墩下面，放下篮子，开始搜索竹墩里的卷叶团。刚伸手去摘一个疑似有虫子的叶团，华嫂就风风火火地杀到了。菜园门被猛地推开，我吓了一跳。华嫂全程黑脸，翻着白眼盯着我，然后用手指着我的鼻子怪声怪气地说道："哎哟，又来小偷小摸了，是吧？你什么时候发现我们家的青瓜成熟了？胆子挺

肥的哟，大天白日的，直接推开菜园门就来偷了。"

在每一个瓜果遍地的季节，村里的小孩去偷桃李、地瓜、甜葛和青瓜是常有的事。可是我父母管教严格，拿人家东西我是万万不敢的，甚至别人送给我吃的水果，我也不敢要。所以我急了，连忙解释道："不是的，大嫂！我是来捉卷叶虫的。"

"呵呵！哪一个小浑蛋偷东西不都有借口？捉卷叶虫？你是来捉大蟒蛇、大鳄鱼的吧？"华嫂一声冷笑，笑得我全身发抖。华嫂是水芹大伯的儿媳妇，几年前才嫁过来，我也不知道为什么她一直对我有成见，常常在别人面前含沙射影地损我。

"真的，大嫂，我不骗你，你看，我篮子里的雏鸟，我是来捉虫子给它吃的。"我提起了放在青瓜苗下的竹篮，示意给华嫂看。

华嫂的眼睛突然瞪大，气急败坏道："哎哟，小兔崽子，你还提了篮子来偷我家的青瓜？什么捉虫子喂鸟，明天你挑担子过来，里面放一只鸡，偷满一担子的葛和瓜回去，就说你不是偷东西，你是捉

虫子喂鸡，这样更能骗人，是吧？"

我突然感觉自尊心受到莫大的侮辱，突然有了怒气，准备好好跟华嫂吵一架。

"我……"

可是我刚开口，华嫂又咄咄逼人地审问我了："快说，是不是你妈指使你来偷的？我说你们穷就穷，没东西吃不会自己种啊？……"

终于，我的心仿佛被狠狠地划了一刀，眼泪止不住地流下来。百口莫辩，但我不能就这样离开，我还要喂养篮子里那只可怜的雏鸟。于是，我像一具僵尸一样站立在菜园里，站立在竹墩下，机械地摘着卷叶团，拆开，然后把竹叶扔到地上。

华嫂在旁边连珠炮般地攻击我，摧毁着我幼小的心灵，每一个字、每一个声音都像一颗凶狠的子弹，准确地击中我心中最脆弱的地方。而我却假装什么也听不到，剥到了几条虫子，一条条放进雏鸟的嘴里，看着它幸福地吞进肚子里。

在我离开大伯家菜园的时候，华嫂恶狠狠地放

了狠话："下次再来偷东西，就打断你的狗腿！"

我发誓要把雏鸟养大。

我躲着父母把放雏鸟窝的篮子挂到废弃的猪圈横梁上，没人看得见，老鼠猫狗也够不着。生活的阳光从此把我的童年照亮。我有了心灵的依托，有了对雏鸟的无限牵挂。

每天干完繁重的农活，我就满村子去找嫩竹墩，在竹墩上撕卷叶虫。有了经验后，我每天都能找到好多好多的卷叶虫，而雏鸟就在对卷叶虫的满足中，一天天长大。它先睁开了鼓鼓的眼睛，像懵懂的婴儿一样看着我。接着，翅膀上出现黑黑的羽毛芽子，然后全身慢慢长出短短的、色彩斑斓的短毛。它不再安静地趴在鸟窝里，经常会沿着鸟窝一直走到篮子边沿。为了防止它走丢，我不得不给篮子盖上一个竹盖子。

我想，我该给它取一个名字了。我把它捧在手心里，轻轻地抚摩着它。而它，静静地蹲在我的手心里，缩着脑袋，半眯着眼睛，收敛着柔滑的羽毛，

一副小鸟依人的可爱模样。嗯，那就叫毛毛吧。

毛毛的秘密最终还是被小伙伴们发现了，水鸭子一遍遍地反悔，要用水枪把毛毛换回去。小树也成了跟屁虫，我去哪里他就跟去哪里，看到毛毛就用草茎去拨弄它。最可恶的是邻居家的大黑猫，自从看到我把毛毛挂到猪圈里后，整天都在猪圈周围转悠，虎视眈眈地盯着毛毛所在的鸟窝的方向。

为了确保毛毛不受伤害，我准备把毛毛带回家来养。可当看到毛毛时，母亲照例不干了。她气急败坏，恼羞成怒道："不可以把这只野鸟弄回家，会带来晦气的。老人家说啊，以前有一个人在家里养鸟，家里的猪当晚就死了两头……"

"晦气，晦气，就会说晦气！全是骗人的！"我从来没有像那天一样胆大包天，跟母亲顶起嘴来。因为再次听到母亲老调重弹的晦气论后，我实在忍无可忍了。每一次我做一点有趣或者有意义的事情时，母亲总是以"会带来晦气"为理由进行阻止——

我在河里捉了两条泥鳅，准备养在瓦罐里吧，不行，有晦气！于是第二天一早，母亲就会在我熟睡时偷偷拿去喂鸡。

我用竹片做了一个特别的刀叉，在吃饭时使用，感觉特别好玩吧，不行，有晦气！于是，母亲不由分说就抢过去，扔到炉灶的熊熊烈火里。

冬天用碎布裁剪一个花式帽子，戴在头上特暖和，上学时能抵挡凛冽寒风吧，不行，有晦气！母亲一把摘下，扔到茅厕里去。

……

晦气，什么都是晦气，什么都不可以做！在别人看来很羡慕的东西，在我这里就会有晦气，就得剥夺掉。而且每次都编一个故事——老人家说啊，以前有一个人……

如果真这样，世界上还有人吗？

所以，我斩钉截铁地说："你是又想拿去喂猪，是吧？什么老人家说，是你说的吧？我不管了！我就要养这只小鸟！"

　　我至今不敢相信，当时我竟然敢对母亲说出如此无礼的话，母亲一定很伤心，她一定会揍我的。不过，那一次，母亲没有发怒，她只是突然怔住，愣愣地看着我，然后不声不响地走过来，看了一眼我篮子里的毛毛，心平气和地说道："好，养吧。不过养大了就放飞它，再过一个月你就要上学了，养鸟会影响你读书的。"

　　一刹那，望着母亲蹒跚的背影，脑海中浮想起母亲每天对我的耳提面命，谆谆教导，我的心里像打翻了五味瓶。

　　我没有想到，父亲竟然也喜欢毛毛，还告诉我说，这是一只杜鹃鸟。那个晚上，父亲用一小撮松树叶替换了鸟窝上面那一层湿漉漉的草，还给篮子盖上纱布，说可以防止毛毛被蚊子咬。

　　第二天早上，我迷迷糊糊醒来，看见父亲坐在大门口，就着和煦的朝阳在喂毛毛，他刚洗漱过的头发在阳光下熠熠生辉。父亲手里拿着好几条类似于卷叶虫，却远比卷叶虫肥硕的小虫子，让毛毛自

己去啄了吃。

"爸，这是什么虫？从哪儿弄来的？真多呀。"我蹲下来，好奇地问。

"傻瓜，这是豆虫，杜鹃鸟老爱吃了。路边到处都是豆苗，你去豆苗上看看，只要看到有大大的节，肿起来的，用手一掰，就会有一两条。"

"哦。"我跑向屋后的豆角地。果然，不用十分钟，我就捉了一大把的豆虫。看着毛毛津津有味地吃着虫子，我有满满的幸福感。

两个星期之后，毛毛已经羽翼丰满，全身浅浅的蓝色，肚皮白白的，还有一圈一圈的镀金色，好像披上了金光闪闪的外套，翅膀从浅蓝色一直渐变到橙色，尾巴上的几片长长的羽毛蓝中带绿，绿中带金，配上脑袋上橙黑色的眼睛，显得优雅可爱。

它的运动能力也大为增强。除了晚上睡觉，它已经很少待在鸟窝里了。大部分时间都在家里的地板上转悠，或者跑到门口的晒谷场上，跟着一群鸡

找东西吃。家里的鸡也没有认生，每天都带着毛毛愉快地玩耍。有大狗出现的时候，毛毛会和小鸡一起钻进母鸡的肚子里，然后探出脑袋，胆战心惊地看着母鸡和大狗之间旷日持久的对峙。

毛毛不吃谷物，所以它每次啄到稻谷时，都会送到母鸡跟前，然后母鸡仰头"咯咯"直叫，呼唤小鸡们过来分食。在小鸡们为了一两粒米谷争抢甚至打架的时候，毛毛早已经离开去觅食，甚至又叼来一粒稻谷了。

所以，久而久之，母鸡也开始照顾毛毛，甚至把毛毛当成自己的孩子。母鸡啄到米谷的时候，会分给小鸡崽吃，而捉到蚯蚓或者其他小虫的时候，就会偏心地送到毛毛嘴里。

父亲告诉我，毛毛该学飞了，不然错过了这个时间，毛毛就一辈子只能在地上行走，一辈子跟鸡鸭一样。怎么学飞呢？父亲示范了一下，他让毛毛站在手指上，突然把手往下一沉，毛毛便吓得拍打着翅膀。

　　我学着父亲的样子，每天早中晚都训练毛毛扇动翅膀。果然，三天之后，毛毛能从桌面上飞到地上了。又过了几天，毛毛可以独自飞上屋顶，再从屋顶上飞下来。曾经一起觅食的鸡们纷纷抬头看空中飞翔的毛毛，嘴里"咯咯"叫着，略微调皮的小鸡也尝试拍打翅膀要飞起来，结果还没腾空就摔到了地上。

　　这个时候，觊觎毛毛很久的大狗只能望洋兴叹，看着屋顶上的毛毛"汪汪"直叫，满眼的不服和无奈。

　　慢慢地，毛毛就学会自己觅食了，完全不需要我们帮它捉虫子。好几个早上，我都看到毛毛叼回一条肥肥的虫子，送到曾经保护过它的母鸡面前。母鸡晃晃脑袋，拍拍翅膀，猛地对准虫子的另外一头啄了过去，欣然吞下。然后昂首挺胸，朝着各个方向啼叫，好像恨不得把这件事广播到四面八方。

　　当母鸡生下第十个蛋、母亲准备让它再孵一窝小鸡的时候，毛毛已经能飞到对面的山上去了。在

朝夕相处之中，我和毛毛的感情越来越深。每当夕阳西下之时，毛毛总是会飞到我的肩上，再跳到我的手指上，让我握着它，而它总是像躺在鸟窝里一样，在我手心里整理身上的每一根羽毛，或者轻轻地用脑袋蹭我的手指，好像撒娇的小孩。

　　每当朝阳照进我的窗户时，毛毛就会飞进我的房间，在我狭小的房间里盘旋，叽叽喳喳地叫。如果我没有醒来，它还会轻轻地停到我额头上，轻轻地啄我的脸皮，有时还把利嘴伸进我的嘴巴里，像水泵一样吸食我的口水。那个时候，我总是假装生气，一把抓住毛毛，跑到大门口把它重重地往空中一扔。懂事的毛毛全然不会受到惊吓，反而配合我，在我把它扔出后，一动不动，像石头一样向空中砸去，然后再自由落体般往地上掉。在要接触地面的一瞬间，它突然"唰"的一声，挥动翅膀，飞向天际，在白云之间飞舞两圈，再重新飞到我身上。

　　我们小时候是要干很多农活的。每年暑假，先是收割，收割完翻地，翻了地插秧，插完秧就要挑水灌溉，然后拔草施肥，或者上山砍柴，总之一天到晚很少休息。但是那个夏天，我全然没有劳累，感觉每一天都是在充实中度过的，因为不管我去哪里干活，毛毛都在天上陪伴着。在我停下来休息的时候，毛毛就会飞到我身边，蹦蹦跳跳地歌唱，或

者躺在我手心里呢呢喃喃地撒娇。

时光像一位调皮的小孩，莽莽撞撞地奔跑着，带走了纯真的日出日落，迎来喧闹如同赶集的九月。

那天是开学的日子，学校大门刚一打开，各年级的男生们呼啦一声冲进新的班级、新的教室，在桌子上歪歪扭扭地写上"某某号"，表示这个座位已经有了主人，然后在桌子侧面像煞有介事地写上"防止小偷"四个字，似乎这空无一物的桌子上即将放入价值连城的宝藏。

同窗小伙伴们擦掉两管流了整个夏天的鼻涕，洗掉脚丫子上夹着的牛粪，穿上搁置了两个月的鞋子，带着一身黝黑极不情愿地回到学校。他们大多还没有从暑假的放养中缓过神来，有的手里还拿着蝉壳，有的裤兜里还揣着野果，有的衣服上还粘着草籽，有的腰带上还斜插着弹弓，有的脑袋上还顶着自制草帽……

当我带着毛毛出现的时候，小伙伴们全都惊呆

了，心中是垂涎三尺的艳羡。

那时候最流行的就是喂养小鸟，一到夏天，村里最调皮的小孩便以狗头军师的身份，带着虾兵蟹将组成猪头部队，从村里出发，爬上周围的每一座山，对山上的每一棵树进行地毯式搜索。一旦找到鸟窝，便在树上做上记号，表示这窝小鸟已经物有所主，然后隔三岔五去看鸟妈妈生蛋没有。有些吃货刚看到鸟蛋就迫不及待地掏回来，揣进口袋里，还到处炫耀，然后把鸟蛋放到锅里跟米饭一起煮熟，最后再剥开蛋壳一点点地舔着吃，似乎吃着世界上最美味的山珍海味。这种行为是大家最为鄙视的。大部分人都会等孵出小鸟，并且小鸟已经长出羽翼之后，才会把它们弄回家里，认认真真地饲养。

小屁孩没有养鸟经验，压根就不知道该如何喂养，鸟窝该如何保持干燥，所以饲养小鸟的成功率非常低，一般不超过三天，小鸟就会死去。之后，他们就会给死去的小鸟挖一个洞，埋了，再竖一块墓碑，写上"小鸟之墓"，插几根稻草点着，像煞有

介事地祭拜，心里依然疑惑不解："我明明给它喂饭了，怎么就饿死了呢？"或者逢人就说："这鸟不好伺候，不吃鱼，不吃虾，晚上风吹一下就病恹恹的，养不活。"

所以在我的小伙伴们之中还没有养活小鸟的成功案例，之前也只是听说高年级的某某人曾经把小鸟养到会飞。小鸟在家里帮他们看家，若是哪个臭小子去偷他们家的瓜果了，它便会飞去找他们家人报信。但是每一个成功案例都是道听途说的，没有人能够亲口证实。

毛毛的奇迹一下子传遍全校，我被前来围观的同学围得水泄不通。毛毛站在我的食指上，神气活现地看着周围的人群，不是悠然自得地整理羽毛，就是昂首挺胸地东张西望，没有丝毫紧张。有的同学伸手过来摸它，毛毛会很配合地跳到他们的手上，用嘴去啄他们手里的黑点，吓得他们马上把手缩了回来，引得四周一阵哄笑。

老师们如临大敌，以为发生了什么大事，匆匆

忙忙赶过来，边往里挤边质问道："你们干吗了？刚开学不许打架啊！"我连忙把毛毛往上一抛，毛毛便迅速飞入云霄。

那些羡慕嫉妒的同学就开始打小报告了："老师，马鱼仔玩小鸟！"

"哪儿呢？马鱼仔，把小鸟拿出来。"体育老师刘老师非常生气，把手伸到我跟前。我们小时候学校管理很严格，在学校里除了读书，做手工、玩玩具、养动物，甚至看课外书，都是不允许的，一旦抓到就会被严肃批评。

"没有啊，老师，他骗人。"我摊开双手，晃晃全身，表示身上什么也没有。

刘老师上下打量我一番，然后半信半疑地看着打小报告的马小蛋同学："鸟呢？"

"飞走了！刚飞走了！"马小蛋用手指着蓝天，半眯着眼说，"喏，就在那儿！"

刘老师抬头搜索了半天，什么也没有看到，然后一巴掌拍到马小蛋脑袋上："净说瞎话！"接着回

头扫视四周，"散了，散了，都散了！不许围观，再围观就打扫大便处去！"

人群呼啦一声散去。

每所学校都有几个小霸王，他们演技一流，在老师眼皮之下聪明懂事、活泼可爱，在老师眼皮之外却欺负弱小，让人恨得牙痒痒，而又迫于他们的淫威，大家敢怒不敢言。

我们学校的小霸王是几个高年级的胖子，为首的是被称为"死胖子"的火墩子。火墩子是下村牛贩子的小儿子，平日在家里娇生惯养，出门则惹是生非。要是谁家孩子打骂他了，火墩子一家人便会上门讨说法。遇到软弱的主儿，连忙给他们赔礼道歉，还留他们在家里吃肉喝酒，以表歉意。遇到狠角色，两家便直接在众目睽睽之下大打出手，棍棒交加，引来村干部调解，甚至惊动派出所。

火墩子读六年级，屁股后面跟着几个五六年级的二流子，遇见老师会行礼鞠躬，齐声喊："老师

好！"若是哪位老师提着东西，他们也会主动帮忙。所以老师都把他们当宠儿，不仅让他们做班干部，还在他们的家长面前赞不绝口："这孩子懂事，有礼貌，要好好培养，将来定有出息。"所以这帮二流子的家长，也个个以为自己的孩子是人中之龙。

校门口不远处有一条小溪，小溪上架起一座木桥，木桥很窄，勉强够两个人通过。火墩子一伙最常干的坏事就是蹲在桥上往小溪里扔石头，若是哪个同学从这里经过碰到他们了，轻则挨一顿推搡，重则被踹到桥下的小溪里去。

在学校里，二流子们经常横冲直撞，看到别人玩玩具，不由分说就抢过来，轮流着玩，玩到快上课了，扔回给你。女同学跳绳吧，他们过去捣乱，故意绊住绳索，让女同学们扫兴而去。低年级的同学吃桃李瓜果吧，他们假装说看看是不是偷的，然后你传给我，我传给你，传着传着就进了某个人的衣服里面不见了。然后他们四散而去，躲在某个地方分着吃，留下可怜的小孩在原地吧嗒吧嗒地掉

眼泪。

　　于是，这帮人就成了瘟神，大家都对他们敬而远之。可躲得了初一，躲不了十五，二流子是不会善罢甘休的。你坐在球场边上，他们会上来对准你的后背就是一拳，然后几个人嬉皮笑脸地说："猜猜是谁打你的，猜错了别怪我们不客气。"有时候即使你亲眼看到某个人动手打你了，他也会马上把手插进口袋里，然后摆出一副死猪不怕开水烫的表情，说道："喂，是我的拳头打你的，你可以打回它，但是，你要是碰到我拳头以外的地方，你就等着！"

　　对这帮浑蛋，大家除了自认倒霉，就没有其他办法了。

　　马小蛋是火墩子的表弟，也是二流子们的狗腿子，负责通风报信。所以马小蛋知道的事情，二流子们马上知道。第一节课下课的时候，火墩子带着二流子们找上门来。我连忙把毛毛引到校门口的大杉树上，毛毛刚飞到杉树上最茂密的地方躲起来时，

火墩子等人就匆忙杀到了。

"鸟呢？交出来！"火墩子挥舞着一条木棍，歪着脖子，吊儿郎当地说道。

"飞……飞走了。"我胆战心惊。

"飞走了？"火墩子按住我，绕着我原地走了一圈，像猎狗一样搜索着，"今天不交出来给我们几个玩玩，下次让我们抓到就一砖头拍扁它！"

我哆哆嗦嗦往后退，终于退到杉树树干处，再无路可退。

"在上面，在上面！"一个二流子成员突然指着树梢大声喊叫。

"对呀对呀，我也看到了！"

"哪儿呢？"

"那里！最茂密的那里！"二流子伸着手指，急得满脸通红。

火墩子手搭凉棚，抬头眯着眼睛看了半天，还是没有看到毛毛的影子。这时候，一个二流子捡起一块石头，往上瞄了一下，用力扔了出去："就在那

儿，看到没有？"

"咚！"石头砸到树枝上，毛毛吓了一跳，扑腾翅膀飞了出来。因受惊吓过度，毛毛刚飞出来就拉了一坨粪便。火墩子正张开嘴巴抬头搜索，结果，鸟粪不偏不倚掉进他嘴巴里。

毛毛一瞬间飞得无影无踪，我也趁机跑回教室。而火墩子呢，掐着脖子在杉树下呕吐半天。二流子们个个强憋着笑，帮火墩子找水漱口。

第二节课上课的时候，毛毛飞到校园里的桂花树上蹦跶，接着又飞到教室的屋顶上鸣叫。隔着厚厚的瓦片，我能感受到毛毛急促的呼吸，感受到它对我热烈的呼唤。

下课铃声一响，老师前脚刚踏出教室门，毛毛就从后门飞了进来，停在我桌上。毛毛顿时成了班里的明星，女同学们托着下巴盯着毛毛，含情脉脉。男同学也围了过来，眼睛里全是羡慕。

"嘭！"教室门被踹开了，全班吓了一跳。循声望去，是火墩子带着二流子们冲进来了。"啪！啪！

啪！"二流子们以迅雷不及掩耳之势把前后门、窗全部关上。与此同时，火墩子就像疯狗一样扑了上来。在火墩子的双手重重地拍下来的一刹那，毛毛扇动翅膀，飞到灯管上站住。火墩子扑了一个空，双手疼得龇牙咧嘴。

"把弹弓拿来！"火墩子的手一伸，一副石子上了"膛"的弹弓就已经交到他手里。火墩子拉开弹弓，闭上一只眼睛，瞄准。

"毛毛快跑！"我急得全身冒汗。

火墩子松开手，弹弓包里的小石子像子弹一样射了出去。毛毛似乎预感到这一丝危险，在灯管上一跳。"啪"一声，小石子射中了灯管，灯管瞬间碎成一堆玻璃片哗啦落下。女同学们吓得"嗷"的一声躲到教室的四个角落里，花容失色。火墩子不依不饶，操起后门角落的扫把追打毛毛。毛毛飞到前门，火墩子的扫把也追到前门。毛毛在前门的门把上站定后，火墩子蹑手蹑脚往前迈几步，然后缓缓地举起扫把，电光石火之间，扫把重重地打了下去。

几乎是同一时间，教室门重重地被推开了——校长！校长听到吵闹和叫喊声，赶了过来。

可怜的校长还没有弄清楚是怎么回事，就吃了火墩子重重的一扫把，眼镜被打到地上，碎了一地，脸上有暗暗的红色。而毛毛，在大家的诧异和害怕中，飞了出去，留下一道飞翔的弧线。

第三节课刚好是开学典礼，不用说，火墩子和他的二流子部队一个不落地被"请"到主席台上展览。老师们坐在主席台上，听着校长介绍刚才发生的特大新闻和接下来的处罚决定。校长说到义愤填膺、情绪高昂的时候，毛毛竟然神不知鬼不觉地飞到火墩子身边，上下悬停。火墩子挤眉弄眼，又不敢伸手驱赶。全校同学慢慢把目光转移到火墩子身上，校长像被浇了一盆水，激动的表情变得平和，眼神也开始飘移。就在火墩子喃喃自语，用嘴去吹毛毛的时候，毛毛突然对准火墩子的屁股就是一个冲刺，重重地啄了上去。

"啊！"火墩子一声惨叫，用力捂住屁股，由于

紧张，又放了一个很响亮的屁，顿时，全校同学笑作一团。校长怒气冲冲地回过头，暴跳如雷地指着火墩子说："你是要反了不是？！"

"报告校长！刚才有一只鸟啄我的屁股！"火墩子满脸无辜。

"鸟啄你屁股？是龙王吻你脑袋吧？"校长急火攻心，脸全黑了，然后回头问我们，"大家刚才看到鸟啄他屁股了吗？"

虽然大家都看到了刚才的一幕，但是，所有人都不约而同地摇了摇头。

所以毫无疑问，火墩子被学校记大过一次，火墩子的爸爸也多次被"请"到校长办公室。

在全校同学都拍手称快的时候，毛毛就成了二流子们的锋芒所向，众矢之的。火墩子书包里随时都准备了三把弹弓和一包泡过植物毒药的石头，据说是专门为伺候毛毛而准备的。所以毛毛是万万不能再离开家门半步了。为了不让二流子们伤害毛毛，父亲特意用一个笼子把毛毛关起来，挂到房顶的木

梁上。

　　每当我背着书包准备去上学的时候，毛毛总是站在笼子里，用可怜巴巴的眼神看着我。那个时候，我总是心如刀割。放学回来后，到了毛毛的放风时间，我只能让毛毛离开笼子一会儿，让它在家里，在门口飞十几分钟，然后匆匆回到笼子里。因为，天知道二流子们是不是潜伏在我家周围，我担心一个冷弹会要了毛毛的命。

　　或许是上次受到太大的惊吓，毛毛离开家门的每一秒钟都紧张兮兮，患得患失。不管是站在晾衣杆上，还是跟在小鸡后面，只要稍有声响，就会吓得跳起来，然后匆匆飞回家里。

　　而在夕阳西下的时候，毛毛又总是蹲在鸟笼里，呆呆地望着天空中飞过的鸟儿，忧郁得让人掉泪。慢慢地，毛毛变得更加安静了，即使放它出来，它也不再快乐，不再激动，在客厅里绕几圈，又乖乖地回到笼子里。

看着毛毛日渐消瘦的体型和日益形容枯槁的表情，我的心都碎了。上课时，我的心全然不在课堂上，每次老师提问，我总是答非所问。而回到家里，看着我至爱的毛毛，我又手足无措，不知如何是好，只能心中默默滴血。

那一段日子，我跟毛毛一样，浑浑噩噩，如同行尸走肉，生活完全失去了阳光。第一次单元测试，我之前稳居年级前三的数学、语文成绩全部掉到三十名开外，而且数学成绩不及格。这可急坏了母亲，也急坏了我的班主任。

终于在一个周末，父亲对我说："毛毛属于蓝天，去，把它放飞了吧。"我一万个不情愿，可是看看笼子里目光呆滞的毛毛，我突然觉得父亲的决定是对的。

毛毛本来就属于大自然，只是水鸭子的出现毁掉了它的家庭，而我在挽救了它的生命的同时，却让它离开了自己的族群，剥夺了它无忧无虑翱翔蓝天的自由。于是，那个早晨，我提着鸟笼，带着毛毛走向遥远的南山——它家的方向。

　　那一次，毛毛似乎知道我要做什么，在笼子里显得非常焦躁不安，忽上忽下地跳动，毫无节奏地拍打翅膀，眼睛里满是失望和惊恐。我把手伸到笼子里，一遍遍地抚摩它，眼泪如断线的珠子。毛毛

似乎感受到了什么，安静了下来，在我的手心里一动不动，眼神空洞而忧伤，仿佛是一个即将要嫁到远方的女儿。

两个多小时后，我终于来到了南山脚下。南山是远近最高的大山，郁郁葱葱的原始森林无边无际，飞禽走兽数不胜数。我找到一棵最大的野榕树，费了好大的劲爬了上去，把鸟笼子挂好。再用一块塑料布把笼子盖起来，防止风雨灌入，然后把鸟笼的门拆掉。就在我准备离开、往树下爬的时候，毛毛凄厉地从笼子里飞出来，在我身体的周围不停地盘旋，不停地哀鸣，好像在求我不要离开它。我咬着牙，含着泪，假装什么也看不见，一个劲地滑到地面上，转身飞快地跑开。

毛毛带着一声声的惨叫追了上来，超过了我，悬停在我的前面。我假装生气，狠心地一把抓住它，用尽全身的力气把它扔了出去。可是刚刚扔出去，毛毛就马上平衡身体，飞了回来。我就一遍遍地把它扔出去，而毛毛一遍遍地飞回来，在我面前五步

一徘徊，好像在央求我，眼睛里有无尽的悲伤。当我第三十次扔出去的时候，毛毛假装不拍翅膀，直到落地才腾空而起，飞到我身上。

我彻底泪崩了，我知道，毛毛是在用这样的方式讨好我，央求我把它带回去。我紧紧地把它搂在怀里，眼泪打湿了它的羽毛。毛毛就这样在我怀里静静地待了很久，好像一个受伤的孩子。但是，那一刻我是理智的，我用目光扫视周围一遍后，再一次狠心地把毛毛扔了出去。

而毛毛，竟然还以为我在跟它玩耍，收着翅膀像炮弹一样飘向空中。就在这个时候，我一个箭步钻进路旁的草垛里。毛毛重新飞起来后，满世界找我，透过草垛的缝隙，我看到毛毛绝望的影子，听到它凄惨的鸣叫。我的情绪早已失控，我恨不得立刻冲出草垛，但是那一刻，我控制了自己，任凭眼泪如奔腾的河水一般涌出。

毛毛一直在天空中盘旋了很久很久，而打动人心的鸣叫声也持续了很久很久。大约半小时之后，

路上有一辆拖拉机经过，我快速爬出草垛，爬上拖拉机的拉货车厢，疾驰而去，留下一路尘埃。

此后的几天，我无比思念毛毛。

它过得好吗？能自己觅食吗？会被南山的飞鸟排斥吗？……尤其是第三天，风雨交加，电闪雷鸣，我对毛毛的思念更加无以复加。第五天的时候，雨过天晴，毛毛竟然回来了！它饿着肚子，一口气吃了很多很多的虫子！我既开心又难过，像母亲一样接待了它。给它清洁羽毛，给它磨砺爪子。晚上的时候，让它在枕头的一边睡觉。

我跟毛毛说了好多好多的心里话，毛毛就像受了委屈回到娘家的女儿，一直默默地看着我，听我诉说衷肠。第二天，我得再次把毛毛送回南山了。这一次，毛毛没有像上一次那样激动，它一直默默地待在我的肩膀上，望着我的家，望着我离开的方向，安安静静。

到了南山脚下，我把它抛向天空，转身离开。毛毛往南山上飞去，可是每飞出十几米，又飞回几

米来看我一眼，"唧唧"地鸣叫着。我边走边回头，直到我们互相都看不见。

我放心毛毛了，因为我知道毛毛一定有能力在大自然中生存。只是我总是非常想念它，就像毛毛想念我一样。多少个日日夜夜，毛毛都会飞入我绵长的梦里，让我半夜爬起来直掉眼泪。

一个多月后的一天夜晚，毛毛回来了。那时候我们正在吃晚饭，毛毛一飞进客厅就直接落入我的怀里，它的脚被弹弓击伤，不停地流血。父亲给它小心翼翼地消毒和包扎，赶着夜路去给它剥虫子。在我们的精心照顾下，三天之后，毛毛完全康复了。在父亲给它喂完最后一把虫子的时候，毛毛敏捷地飞上天空，在我们家盘旋了很多圈，然后依依不舍地离去。

那是我最后一次见到毛毛。虽然在后来的日子里，我的头顶经常有各种各样的小鸟在盘旋，在歌唱……但是我不确定那是毛毛，还是毛毛的子孙。

十多年后，南山被盾构机凿开，一条隧道贯通

南北，通向江西的高速公路像巨龙一样延伸过去。每次独自驱车，甚至直到现在带着我两个稚气可爱的儿子驾车经过南山时，我总是不由自主地想起毛毛，想起那一段童年刻骨铭心的经历，我也会不断地给两个胖小子讲述他们父亲当年跟毛毛之间的故事。这个时候，孩子们总是用羡慕而又懵懂的眼神看着我，似乎渴望着他们也要有这么一段如风如流星般难忘的时光。那个时候，我总是难以抑制心中汹涌的感情，泪水横流……

尘世浮华，那些纯白唯美的时光越走越远，世间万般形态让人忘了最初的模样，而南山的杉树，路边的草垛，天上的飞鸟，却总会在记忆的深处隐隐回荡，留有一丝爱的踪迹。

毛毛，我至爱的毛毛，我想你……

黑奇之痛

1. 产崽

这个故事，遥不可及。

几十年来，它像从数光年外幻化而来的黑洞，重重地撞击着我的灵魂，年年月月，从不间断，所到之处，鲜血淋漓。

　　我坐在老屋门口的石礅上，一丛一丛的杂草长
在石缝里，秋风四起，草叶开始泛黄。远处的梯田
一片萧索，一根躲过镰刀浩劫的稻苗耷拉着脑袋，
孤零零地伫立在禾庄大军中，随着风向南山倾斜。

南山，在它那千年松涛中，传来了黑奇悲壮的噪叫，那叫声，穿越罗珀障，穿越羊宝潭，穿越到我懵懂忧伤的童年。

我九岁那年的夏天，暴雨像邻村满脸胡茬的债主，一日三餐，说来就来。而粤东北夹杂着新鲜禾秆味的熏风，仿佛上屋围终年不醒的醉汉，在村里的一道道山梁、一条条沟渠、一块块稻田、一间间瓦房之间游走，带来稻田的腐腥味，棚舍的粪臭味和人身上发馊的汗臭味。

我们全家围着猪圈，盯着待产的母猪，等待命运女神的裁决。

猪是客家山区家家户户唯一的"摇钱树"，一年到头家里的开支，不管是学费还是油盐酱醋茶，都指望着它。只是这摇钱树实在是枯木朽株，不是养的母猪产崽太少，就是养的肉猪卖不出好价钱。对于我们家来说，更是如此。父亲在煤矿挖煤，一个月工资一百多元，我和哥哥姐姐三个人一个学期的学费加起来要一千多元。

从我有记忆起，我就知道我们家养了一头母猪，这头母猪一年产两次崽，每次能产八九只小猪崽。把这些小猪养到三四十斤卖掉，能卖一千多块钱，基本上能解决我们三姐弟的学费，父亲就不用迫不得已跑到黄槐煤矿去挖煤，留下我们母子四人在家里整天提心吊胆。

我读一年级那年，我们家母猪只产下四只猪崽，父亲无奈跟着下屋围的铁罡子叔叔又去黄槐煤矿挖煤，结果第三天就出事了，矿场遭遇塌方，当场埋了十几个矿工。我父亲那天因为感冒睡过头，逃过一劫，但是铁罡子叔叔却永眠在那个天地一片黑色的地方。父亲回来的时候，母亲紧紧地抱住他，全身瑟瑟发抖，手指在父亲的胳膊上掐出了血印。我和哥哥姐姐躲在大门背后，耳边传来了下屋围铁罡子叔叔一家撕心裂肺的哭声。

耕牛在收割过的稻田上耙过一遍了，被翻烂了的禾苗桩子在泥水中腐烂，一个个沼气泡从禾苗桩子中冒了出来，像精灵一样穿透浅浅的水层，浮到

水面上，裂开，荡起一晕一晕的波纹。用淤泥围起来的地方，秧苗正在一簇簇往上生长，再过几天，如果还不拔起来分插到田里，它们就会因为过度密集而叶子发黄，然后患上佝偻病，长不大，也抽不了穗。

村民们忙得四脚朝天，天刚蒙蒙亮就起来忙活，给田蓄水，铲去田埂上的野草，在田里抛撒化肥，接着再给水田翻耙一遍……在路旁，脱粒后的稻草堆积成山，稻草经过风吹日晒和雨水灌淋，冷热交替之后，滋生出了大大小小的稻秆菇，这些稻秆菇可是绝色美味啊，但是谁有工夫去翻采呢？身上扛着铁犁，赶着大水牛去翻地的大叔脚步匆匆，大水牛在匆忙中偷吃了一口稻草堆最外层的禾秆，抽出了一串串鲜嫩的稻秆菇，大叔们没有往下多看一眼。他们收住脚步，把铁犁从左肩膀转移到右肩膀，往大水牛身上狠抽一鞭子："遭大瘟的，死不走你！"随着一声脆响，大水牛便耸起鼻子，紧赶了几步，走向冒着氤氲雾气的水田。

东边还没有出现鱼肚白，父亲和母亲就起床了，他们先给母猪添上干爽的稻草，然后一直扶着猪圈低矮的木门，对母猪肚子里的小猪望穿秋水，又忐忑不安，心绪复杂。夏日的阳光极具穿透力，它们钻过稀松的茅草，在猪圈的每一个角落留下斑驳的光影。外出劳作的村民迈着疲惫的脚步回来了，家家户户的烟囱上飘起了奶白色的炊烟，门口的石磴、晒谷场的胡楝树和村口悬挂大声公的柱子，在阳光下拖着长长的影子，好像在诉说着它们各自纠结的故事。

如果不是今天早晨母猪产崽，父亲和母亲绝不会如此奢侈，在别人披星戴月、早出晚归的农忙时节，白白浪费整整一个早上的时间。夏忙跟不好，半年吃不饱。可是和半年吃不饱相比，要了命才是最可怕的。如果母猪产崽太少，或者因没有伺候好母猪而夭折了几只猪崽，家里下半年的支出就没有指望了，父亲将不得不到举目无亲的外地去打工营生。搬运、伐木、挖煤、砌高墙、修屋顶、筑堤坝……没有一项工作轻松，也没有一项工作如意，在以前父亲背井离

乡的日子里，他的每一天都过得险象环生。被缠绕在杉树上的毒蛇咬伤，被屋顶滑落的砖块砸晕，也曾经被决堤的河水冲到几百米远的地方，每一段经历都不能加上如果，否则眼前这个活生生的表情严峻的男人就可能在我的生命中早早消失了。

2. 死胎

我们家的母猪已经上了年纪，我不确定它到底儿岁，但从它那发黄发黑、磨得参差不齐的獠牙，以及头上一层层凹凸深陷的皱纹来看，应该比我的年龄还大。整个早上，它都安静地躺在稻草堆里，肚子高高地鼓了起来，仿佛罗珀障最高的山峰。肚皮伴随着呼吸均匀地起伏，但是没有看到明显的胎动。这太反常，太奇怪了，母亲说，往年母猪产崽，它总是极度兴奋，在第一只小猪崽出来之前，它总是会不停地挪动身躯，在稻草堆里给即将出生的猪崽压出一块平整舒适的地方。

太阳已经爬到了罗珀障的高度，村里的晒谷场热闹起来，一摊一摊的谷子给草香村贴上了美丽的金箔，在刺目的日光下闪耀着独特的光芒。母亲叹了一口气，转身回厨房做饭。父亲呆呆地望着母猪，脸上渗出了汗珠，眉头深深地皱了起来。终于，母猪的肚皮抽动了一下，屁股微微撅起，恍惚之间，一个白色僵硬的物体滑了出来，掉到母猪屁股后面的稻草上。父亲的脸上绽开了一朵胡子拉碴的花，深陷的眼窝出现一道欣喜的光亮："生了！生了！"

母亲听到声音，系着围裙，拿着锅铲，小跑出来，还没踏进猪圈，父亲眼窝里的光亮消失殆尽，脸上布满疑惑和绝望的阴云，仿佛亚基寨深夜最阴森的月影。这只从母猪肚子里出来的猪崽，四肢前后伸直，眼睛紧闭得连一条缝隙都看不到，全身包裹着血淋林的胎衣，透过红里带着苍白的胎衣，我看到它紫里带黑的皮肤，以及犹如蜡像一样的身躯。

母亲手里的锅铲掉到地上，发出清脆瘆人的声响。父亲艰难地撬开嘴唇，叹出两个字："死

的……"这两个字像灌满了铅一样沉重，又像锋利的钉子一样钉在我们的心上。母猪深吸了一口气，没有回头，眼睛里有液体闪动的亮痕，肚皮又抽动了一下，草垛上多了一只发硬发黑的死猪崽。父亲咬着嘴唇，没有再说话，母亲扯着自己的衣角，眼泪顺着她并不美丽的脸颊流了下来，滴在猪圈光滑的砖块上。

母猪继续深呼吸，肚皮有节奏地上下起伏，屁股后面的肉疙瘩堆成了一座小山，犹如南山脚下撒满纸钱的新坟。当最后一只猪崽滑落的时候，我看到父亲和母亲脸上出现了一丝欢忻，但是这仅有的夷愉却像流星一样，瞬间拖着长长的尾巴，消失得无影无踪。这只猪崽从死猪堆里滚落下来，眯缝着眼睛，探头探脑地爬向母猪那两排饱满的乳头，但是它的头上只有一只耳朵，两条后腿也比前腿长了足足一倍。父亲心如死灰，摸出火柴，点上一支自卷烟，猛吸了两口，扔到地上，沉沉地踩灭，走回屋里。母亲走出猪圈，瘫坐在外面的石磴上，望着

罗珀障刮过来的阴云，没有说话。

经过跌跌撞撞的摸索，这只硕果仅存的猪崽终于找到了母猪的乳源，贪婪地吮吸起来。母猪面如死灰，像死尸一样一动不动地躺在草堆里，任凭它唯一活着的孩子撕咬它肿胀的部位。罗珀障顶端的乌云终于飘了过来，天上好似降落了一块巨大的黑纱，天地顿时一片黑暗。人们如临大敌，从四面八方赶回家里，拿着各种收谷工具跑向晒谷场。"轰隆！"闪电在天上撕裂开来，雨水急促地射向草香村的每一个角落。及时抢收到的稻谷装入箩筐，用大面积的塑料布遮挡起来，雨点打在塑料布上，发出"嗒嗒"的声响，干脆动人。没来得及收的谷子随着晒谷场的积水四处蔓延，倒霉的主人只好用禾秆把晒谷场的缺口堵住——湿是湿了，至少不会冲到沟渠里去吧。

母亲一直坐在石磴上，原本梳得整齐发亮的头发被雨水击打得七零八落，衣服早就湿透，雨水顺着头发和脸流下来，流到衣服上，再顺着衣服、顺着裤脚、顺着打了补丁的布鞋，流到石磴上。父亲

在门口看着母亲，看了很久才走出来，扶起母亲，把她扶到我们家那座低矮的瓦房里。母亲一直喃喃自语："死了，都死了，孩儿的学费没着落了……"父亲的身上也全湿了，他把母亲的头埋在自己湿漉漉的怀里，表情犹如腊月里村头枯树上挂着的冰条。

过了很久，母猪艰难地拖动后腿，用它们支撑起全身的重量挪动着，掉了一个头，然后四肢趴在稻草上，肥硕的肚皮和下巴一起贴着地面，黯然地盯着眼前这堆死去的孩子，剖肝泣血。那只残疾的单耳朵猪崽一路跌跌撞撞，从舒适平整的凹窝里爬过来，全身沾满了稻草屑末，颤颤巍巍地拱着母猪皱巴巴的脸，嘴里发出"哼哼"的呢喃。母猪眼皮动了一下，眼珠子往下转动，瞳孔里出现了一道慈爱的暗光，这道光仅仅存在了一两秒，就被悲恸掩盖了过去。

雨停了，太阳重新从云层里爬出来，吃力地往中天挪动，伏在胡楝树上的知了发出悲伤的鸣叫，这些叫声穿透夏日的聒噪，传入我的耳朵。母亲没

有吃下一口饭，她来到厨房，把碗里的饭倒入猪食中，加热，然后装入潲水桶提到母猪面前。母亲呼唤着母猪，眼光下意识地从一堆死猪崽里挪移开。母猪有气无力地抬了一下头，瞥了一眼我们，又把头埋在稻草堆里。母亲叹了一口气，退了出去。太阳继续升高，阳光从猪圈的窗户上退了出去。单耳朵猪崽满地爬行，窸窸窣窣，全身绯红，是血的颜色。

母猪就像一尊塑像，除了有节奏起伏的肚子，其他地方纹丝不动。

那一天过得异常漫长，母猪的每一次心跳，都像水田里耕作的耙齿一样，深深地停留在我的脑海里，扎心扎肺，尖锐刺痛。母亲在家里躺了半天，直到下午才满面愁容地走向田野。是啊，每一块田地，每一根稻苗，都在催促着父母振作起来。父亲回来挑肥的时候，他担着竹筐走进猪圈，走进这个让人肝肠寸断的伤心之地，准备把死去的猪崽带去田里，挖坑埋掉，这是农家人处理家禽家兽尸体的

常见方式。父亲伸手去捡拾死猪崽的时候，母猪突然暴怒起来，张大嘴巴，露出尖利的獠牙，朝着父亲凶狠地扑咬，嘴里发出愤怒的"哼哧哼哧"的声响。父亲吓了一跳，脸色仿佛流溪河石缝中最老的青苔，连连后退。母猪用健硕的四肢支撑起臃肿的身体，把死猪崽挡在身后，脑袋压得很低，眼睛里是刀剑般锐利的光芒。父亲离开的时候，布满黑色汗斑的白衬衣被汗水浸透，紧紧地贴在后背上，勾勒出他伟岸的身形。

太阳艰难地来到西边，被雨水冲刷过的路面显得干净。阳光透过淡薄的云层，照耀着行色匆匆的村野，反射出血色的光芒，耀得人眼睛发花。热浪一阵接一阵地涌进猪圈，每一只死去的猪崽身上都起了大片黑色的尸斑，四处弥漫出一股让人作呕的腐尸气味。尸臭味越来越浓烈，苍蝇从四面八方飞进猪圈，落在死猪崽的身上，密密麻麻，嗡嗡地叫。母猪显然也闻到了这个味道，看到了孩儿们身上的蝇虫，它衔起一把把稻草，铺盖到死猪崽上面。苍蝇毫无规律地

飞散开来，又重新降落在死猪崽堆积的位置上，或停在稻秆上，或紧抓着稻叶，还有几只执着地穿过层层稀疏的稻草，萦绕在死猪崽的周围。母猪扇动蕉藕叶一般的耳朵，赶走身上的苍蝇，再对着死猪崽堆"哧哧"地喷气。受到惊吓的苍蝇不得不再次从稻草堆的最里层狼狈地逃了出来。岭南的夏天非常湿热，死猪崽在稻草堆里腐败得更加厉害，腐尸的味道飘出猪圈，方圆数百米内都可以闻到。母猪忙碌半天，看起来特别劳累，它重重地倒在猪圈的最中央，就像轰然倒下的一座大山，两排乳源肿胀饱满，里面春潮涌动。单耳朵猪崽从角落里爬了出来，在母猪肚子里搜索一会儿，找到之前吮吸过的那个熟悉的乳源，尽情地吮吸芬芳的乳汁。

微风吹过流溪河边的竹林，凤尾竹惬意地随风摆动，叶子上的竹甲虫扇动翅膀，飞到下面的芒草茎上。吃饱喝足的单耳朵猪崽兴许是累了，打了一个饱嗝，躺在母猪怀里酣然入睡，圆圆的鼻孔放肆地张开，白色的毛发夹杂着稻草屑末平静地起伏着。

母猪使出浑身力气调整了一下身位，把头伸到小猪身边，深情地嗅了一遍，再伸出它那粗糙如同磨刀石一样的舌头把小猪全身都舔了一遍，把小猪身上的血渍、稻草屑末和灰土舔了个干净，舔得小猪闪闪发亮。

3. 噩耗

仲夏的雨就像上屋叔公的外甥，说来就来，说走就走。二更时分，一阵暴雨急遽而至，电闪雷鸣，整个草香村地动山摇，从山体、屋顶和斜坡上流下的雨水汇聚成江河，奔腾浩瀚，仿佛要把草香村的一草一木、一房一瓦冲向远方。管电的刘叔披着雨衣，蹚着过膝的污水去拉下变压器的闸门，草香村星星点点的灯光瞬间一扫而灭。一支烟的工夫，暴雨骤停，积水消退，大地上只剩下浸泡和冲刷过的痕迹。父亲穿着雨鞋，提着马灯，来到猪圈里查看。还好，猪圈建在高处，门槛石条又足够高，圈里只

有低洼处积了一摊水，但是猪圈顶棚的瓦片不知什么时候被风雨掀开一块，漏下的雨水不偏不倚，刚好打在母猪的身上。单耳朵猪崽被母猪拱到猪圈里稻草堆得最高的地方，高枕安卧，睡得正香。父亲打开猪圈的内门，踏足进去，母猪身上升起一阵阵毒热的雾气。父亲眉宇间出现不祥的疑虑，他弯腰伸手去抚摩母猪的后背，火炉一样滚烫。再检查母猪的全身，四肢发紫，脑袋下的稻草堆里有呕吐过的痕迹。

"快，去叫潘伟先生。"

潘伟先生是村里的赤脚医生，虽然也有小名，但是他救死扶伤，妙手回春，是草香村每个人的生命守护神，所以大家都叫他的大名，并且在名字后面加上"先生"俩字，以彰显对他最高的崇敬。潘伟先生不但给人治病，也给猪狗猫看病。没办法，那个年代，农村是没有专业兽医的。

我和母亲火急火燎地赶到上屋，敲开了潘伟先生的家门。来开门的是潘伟先生的太太，她穿着干

净朴素的衣服，头发蓬乱，惺忪的睡眼把她美丽的脸庞衬托得更加漂亮。听完我们描述，潘伟先生摇了摇头，说："那猪，得了急性胸膜肺病，熬不过今晚，死胎也是因为这种病，我无力回天，你们回去吧。"母亲听了悲郁哀戚，求潘伟先生一定要去我们家看看。潘伟先生端起银杯呷了一口水，金属色的杯子在幽暗的灯光下光芒闪动。他鼓动着腮帮，浓酽怡人的茶水在他嘴里涮了一圈，咕噜一声咽进胃下。他眯眼享受一番，然后摆了摆手："不了，不用去，我过去兴许还没有给猪上针水，它就死了，快快回去吧，别浪费钱了，家里本来就紧巴。"

潘伟先生的太太数落了潘伟先生几句不是，把我们送到门口，往母亲怀里塞了一个袋子，里面是一包花生和两枚煮熟的鸡蛋。母亲当然没要，说了一句谢谢，就拉着我消失在阴森的夜色里。

黑夜像一道漆黑无边的屏障，冷酷无情地伫立在我们面前。一阵诡异的夜风轻轻吹过，它像一个幽灵，给绿树和野草装上一个个大大小小的喇叭，

让它们同时发出恐怖瘆人的声音。母亲是一个胆小的女人，大白天蟋蟀、草蜢都能把她吓得浑身哆嗦。可是今天晚上，她完全顾不上害怕，拉着我在黑夜里急促地往家的方向跋涉。回到家里，我们看到父亲坐在满是猪粪和淤泥的猪圈边沿上，"吧嗒吧嗒"抽着旱烟，坚毅的脸上满是落寞不甘的神色。潘伟先生没有说错，我们家唯一的资产，这头产过几十胎的母猪，正安详地躺在猪圈的中央，眼睛闭上，四肢蜷缩着垂放在铺满稻草的湿漉漉的地板上，脑袋朝着单耳朵猪崽熟睡的方向，朝着它那一堆死去的孩子堆起来的小山的方向，无力合上的嘴里还有鲜红的、尚未凝结的鲜血。母亲怔怔地看着眼前的一切，嘴里发出破空的哭喊，这撕心裂肺的哭声穿透猪圈，穿透云层，穿透我朴戆年代刻骨铭心的记忆，留下生命里忧伤惆怅的暗影。

那一夜，母亲彻夜无眠，我也没有睡着。父亲茕孑地坐在饭桌旁的长条木凳上，抽烟抽到雄鸡打鸣，东方吐白。是啊，这一头长相丑陋的母猪，对

我们家来说实在太重要了，这么多年来，它用自己肥胖的母体，一次次地怀上猪崽，一次次地把猪崽照料到三四十斤，然后被我们卖掉，然后再重新怀孕，十年如一日，周而复始，从不间断。在这些轮回中，我们全家跟它一起操劳，也得到了生命般宝贵的金钱，解决了家里重要的开支。父亲和母亲肝肠寸断，不仅仅因为失去了家里唯一的资产，更是经历了一场可怕的生离死别。十年，整整十年啊，就是一个稻草人也会有深厚的感情，何况是与我们命运息息相关的母猪。

第二天，我们家母猪病死的消息像插上翅膀一样，飞入草香村每个人的耳朵里。族里的石头大伯、光头阿叔、三斤大哥和阿水叔公四个人来到我们家，安慰了父母几句，然后走进尸臭熏天的猪圈，卸下厚厚的门板，把母猪抬上去，再拨开层层稻草，把腐败发黑的死猪崽摆到门板的空余位置。他们抬着门板的四个角，来到流溪河的一棵梧桐树下，用锄头挖出一个大大的坑，"呼啦"一声把母猪和小猪

崽侧翻进去，再把土填上，踩实。弥漫在草香村那
股臭不可闻的味道消失了，梧桐树下多了一个微微
凸起的坟包，我们全家心里也多了一道难以治愈的
伤痕。

太阳照常升起，阳光把孤独的坟包拉出了长长
的影子。

第二章

1. 寄 养

过了整整一天一夜，单耳朵猪崽没有进食，父
亲和母亲也没有理它，巨大的哀伤似乎让他们忘记
了这只猪崽的存在。我记得那时候流金铄石，但是
天空一片黑色，乌云笼罩在我们每个人的心头。单
耳朵猪崽软塌塌地躺在猪圈的稻草堆里，原本油亮
发黑的皮毛变得暗淡发皱，眼睛无力地睁开，空洞

洞地望着窗外苍茫的天空，眼眶里泪光点点。

或许它至今不明白，自己从出生到现在到底经历了怎样的悲剧。它只知道，饿了，却再也找不到那两排丰满的充盈着奶水的乳房；害怕了，却再也没有母猪伟岸的身躯和温柔的呢喃。它只知道有几个神情严肃的男人，用卸下的门板把它死去的母亲和兄弟姐妹们抬走了，而且留下一股浓烈的劣质卷烟味。

第二天上午，父亲还是来了，他提着一个竹笼走进猪圈。竹笼挡住光线，空气中弥漫着稻草屑末的味道。单耳朵猪崽看到父亲的身影，如临大敌，挣扎着要爬起来，但是它实在太饥饿，太乏力，四肢虽然竭力地往下撑地，但身子依然沉重地贴在地上。父亲的右手熟练地伸到单耳朵猪崽肚子下面，把它稳稳地托了起来。单耳朵猪崽惊恐万状，眼睛瞪得溜圆，四肢在空中徒劳地划动。父亲用左手轻轻地抚摩单耳朵猪崽的后背，好像在安慰它。单耳朵猪崽渐渐地安静了下来，嘴里发出"吱吱"的哼

叫声。

父亲把单耳朵猪崽放进竹笼，提着竹笼来到怪老头单眼叔公家。单眼叔公住在草香村最古旧的破瓦房里，距离我们家很近，只有一百多米。父亲走进去的时候，单眼叔公正坐在一把小椅上修理秧桶。他穿着浆洗得发白的黑色褂子，左手扶着秧桶，右手拿着一把生锈的铁钳，用力地扳动着秧桶的钢圈，粗壮的胳膊上青筋凸起，消瘦蜡黄的脸上出现了一块块横肉。阳光从天井上照下来，把单眼叔公堂厅里破旧的家具照得发光发亮。飞蛾、苍蝇以及空气中飘浮的白色尘埃，在光柱中清晰可见。我不敢进去。父亲在门口唤了一声："叔，在呢？"单眼叔公的右手使劲扳动了两回，"嘎嘣"一声，钢圈扣稳了，这才抬起头，眼睛往厅堂角落的方向瞟了瞟，用嘶哑低沉的声音说："放那儿去吧。"顺着单眼叔公目光的方向，我看到了一只大母狗和三只小狗崽。大母狗正躺在干爽的泥土地板上，直着身子，露出八只干瘪红肿的乳房。三只小狗崽出生有一段时间

了，毛色雪白，小脑袋上镶嵌着有神的眼睛，好像晚礼服上耀眼的宝石，但是脊梁软耷耷，肚子凹陷，明显就是营养不良。它们正趴在大母狗的肚皮上放肆吮吸着生命的泉，先咬住这个乳头，吸了吸，吐掉，再换其他的乳头。

父亲的脚步声惊动了母狗，它一个激灵翻身起来，压低了前腿，虎视眈眈地注视着父亲，三只小狗受到惊吓，齐刷刷地躲藏到它肚子下面。父亲收住了脚步。要知道，分娩后的母狗出于保护孩子的本能，是绝不允许任何人、任何动物贸然踏入它的领地的。单眼叔公见状，放下手中的活儿，怒不可遏地走过来，往地上一跺脚："死大瘟的，咬谁呢？！"单眼叔公的跺脚声和骂声浑厚深沉，大母狗的眼神一下子柔和起来，它惴惴不安地看着单眼叔公，尾巴讨好地摇了几下。单眼叔公弯腰一拍大母狗的肚子，咬牙切齿道："躺下！"大母狗便听话地躺下，全身贴着地面，心有不甘，但又无可奈何。三只小狗也跟着躺下，伸直四肢，眯缝着眼睛，露

出稚嫩柔滑的肚皮，一副准备哺育其他小狗的样子。单眼叔公假装生气地打了打三只小狗的脸，骂道："凑什么热闹，都起来！"三只小狗崽便怯懦地坐起来，懵懵懂懂地看着单眼叔公。

"拿给我。"单眼叔公回头对父亲说。

父亲把竹笼里的单耳朵猪崽抱出来，交给单眼叔公。单眼叔公把单耳朵猪崽放到大母狗肚皮上，再把大母狗的那只最丰满的乳房的乳头塞到单耳朵猪崽的嘴里。单耳朵猪崽像叼树枝一样咬着母狗的乳头，上下嘴唇咧开，眼珠子骨碌转动着，看了看单眼叔公，又看了看我们，终于嘴唇一收，"咂巴咂巴"地吮吸起来。

大母狗回头看了一眼单耳朵猪崽，眼神里充满了委屈。三只小狗怔怔地站在不远的地方，醋意横生。夏虫咿咿叽叽，夏风抖擞激荡，南山顶上的一抹红晕，成了夏天里最美的柔情。

单眼叔公往天井里啐了一口，扬手示意我们离开。我跟着父亲走出去很远才偷偷回头，蓦然发现，

单眼叔公佝偻的身影，第一次显得如此高大。我知道，从此以后，单耳朵猪的命运就掌握在单眼叔公手里了，而单眼叔公的命运，也将会被这只可怜的残疾猪所改变。

2. 往事

在草香村，单眼叔公是尽人皆知的"怪人""独人"，用他自己的话来说，就是"全村人讨厌我，我讨厌全村人"。整个草香村有六百多号人，跟单眼叔公说过话的不超过十个。每次在村道上偶遇，大家都心照不宣地低头看路，或者望向一边，然后擦肩而过。小孩见到单眼叔公也都绕着路走，不仅因为大人教我们这样做，更因为单眼叔公只有一只眼睛，脸上还有伤疤，面目实在可憎。单眼叔公家是每一个小孩心中的"魔鬼三角洲"，没有人愿意进去，也没有人敢踏足。很多人曾经爬上学校门口高大的梧桐树，手搭凉棚俯视那座低矮昏暗的破房子，目光

穿越围龙天井，看到单眼叔公挥动竹条扫把在厅堂扫地，把泥巴地面扫得干干净净，而且有些反光，一条凶恶的母狗坐在天井边的石条上，凶神恶煞地看着大门的远方。

当然，也没有人敢招惹单眼叔公。曾经有人家的鸡吃了他家刚收下的豆子，单眼叔公一扁担把这只鸡敲死。也曾经有人在田里喷洒农药，农药的水流入他的鱼塘，毒死了两条鲢鱼，单眼叔公二话不说，把一瓶敌敌畏倒入对方的鱼塘，将一塘的鱼毒得肚皮翻白。去年的时候，下村桑柳大伯的牛没有拴牢，闯了出来，偷吃了单眼叔公的秧苗。单眼叔公硬生生地把这头牛关在自家的牛棚里三天，谁来说情都没用，最后村主任请来派出所的所长，对单眼叔公晓之以理，动之以情，才把饿得奄奄一息的牛牵出来，交到桑柳大伯手上，但是单眼叔公还是向桑柳大伯要了五斗大米作为赔偿。

父亲说，单眼叔公原本不是这样的。单眼叔公曾被送去劳动改造过，很多年后才回来。回来的时

候，单眼叔公的母亲因受不了儿子坐牢的打击，郁郁而终。三十多岁的年龄，加上劳改犯的名声，单眼叔公自然是娶不到媳妇的。单眼叔公每天都坐在屋子门口的石条上，望着南山的流云发呆，茕茕孑立，形影相吊。幸好，年轻时的单眼叔公长得还算帅气，挺拔的身躯加上俊朗的面容，村姑们看了依然会有心跳加速的感觉。四十二岁那年，单眼叔公从邻村娶回了一个大龄姑娘，爱情的阳光从此把他的生活照亮。单眼叔公与新婚妻子形影不离，出入成双。白天，他们一起在田间劳作，在地里除草；晚上，他们坐在门前的石条凳上，看山，看天，看月光在迷人的村野里舞蹈。

在物资紧缺的二十世纪六十年代，大鱼大肉是不存在的。即使新婚当天，单眼叔公也只割了两斤肥肉招待亲友。婚后的日子和和美美，但是让人窒息的贫穷却像大山一样压在单眼叔公的心头。为了让新婚妻子吃上荤菜，单眼叔公去南山钩了松脂，然后点燃松脂半夜跑到流溪河的上游去叉鱼。那时

候，村里还没有电鱼机和地网等捕鱼设备，流溪河鱼虾成群结队，单眼叔公半晌就能叉到十几斤河鱼。回到家里，单眼叔公摸黑把鱼杀好，把鱼骨去除，取出一部分抹上茶油，加上香草，文火炖上，把另一部分给娘家送去。早晨的空气清新甜润，古道上嫩绿的青草迎着温柔的晨风伸展着腰肢，摇摇摆摆。草尖上晶莹的露珠在微风中缓慢滚落，就像一个个抖落的珍珠。单眼叔公踏着这条古道，闯过多少风雨，走过几度春秋。

在单眼叔公四十六岁那年，他们爱情的结晶诞生了。老来得女，单眼叔公乐开了花，每天早上都在微笑中醒来，做什么事情都带劲。忙完了一天的活儿，单眼叔公总是让不满一岁的女儿骑在脖子上，从屋里走到流溪河，再从流溪河走回家里。每每此时，单眼叔公的妻子总是跟在后面，迈着轻盈的碎步，脸上笑靥如花。夕阳的余晖透过层层枝叶洒在这土砖青瓦的房舍上，给它抹上一层黄灿灿的颜色。几只燕子从空中掠过，地上鸡鸭在农家的门前散步

觅食。当最后一缕晚霞隐去时，整个村庄暮霭缭绕，万家灯火微微闪烁。出洞的甲虫唱响了夜晚的第一首曲子，歌声依稀挂在树梢上，让整片丛林一起守护草香村民共同的家园。

但这个家园很快失去了它亘古不变的恬静。"文化大革命"时期，单眼叔公被划为"反动派"，灾难接连不断地闯入单眼叔公的生活。

单眼叔公的妻子受不了这样的日子，把女儿哄睡后，默默走到流溪河的一个深水潭里跳了进去。得知噩耗的单眼叔公目眦尽裂，霍然站起，来到深水潭边。单眼叔公妻子的尸体是我父亲捞起来的，当时围观的人有一百多人，但是谁也不愿意帮忙，谁也不敢帮忙。单眼叔公肝肠寸断，抱着妻子的尸体哭了整整一天，那哭声撕心裂肺。

那个夜晚，我的父亲在南山脚下帮单眼叔公挖了一个坟冢，单眼叔公双膝跪地，用手把泥土一捧一捧地撒在妻子的身上。

单眼叔公断绝了跟村里人的交往。

他背着女儿披星戴月，早出晚归，生活过得孤独而凄凉。唯一让单眼叔公欣慰的是，他的女儿婉婉自小聪明懂事，对单眼叔公关心孝敬。有一年单眼叔公被毒蛇咬伤，躺在地上不能动弹，三岁的婉婉独自走到潘伟先生家里，找到潘伟先生的父亲帮单眼叔公注射蛇毒血清。单眼叔公在家里躺了整整七天，这个连话都说不清的小女孩，竟然有模有样地给父亲烧饭做菜，虽然最后煮出来的米没有熟，菜还是一根一根的，但是单眼叔公一点不剩地吃了下去，眼睛里全是幸福的泪光。后面几天，我爷爷奶奶偷偷给单眼叔公送饭送菜，婉婉每天帮父亲换衣服，然后拿着衣服来到流溪河，模仿着别人像煞有介事地浆洗。婉婉在去流溪河的路上，会经过几户人家，这些人家的小孩一见到婉婉，就会跑来围住婉婉，指指点点："快来看哪，反动派的女儿出来啦！"婉婉不懂什么叫反动派，但从小孩的语气和眼神中，她知道这不是什么好绰号。所以她大声斥责对方："我爸不是反动派，你们才是反动派，讨

厌！"秋风萧瑟，白露成霜，胡楝树上掉下最后一片叶子，在婉婉的面前徐徐降落。几个傲慢无礼的小孩挡在婉婉前面，婉婉抱着衣服的小手冻得发紫。

那一次我父亲恰好经过，见此情景，父亲义愤填膺，折下一根竹条上去驱赶这几个小坏蛋。小坏蛋们一哄而散，嘴里依然大声嚷嚷："李小婉，你爸是反动派，你妈是短命鬼……"婉婉伫立在风中很久很久，眼神空洞混浊，父亲牵着婉婉把她送回家。进入家门之前，婉婉用稚嫩的小手擦干了眼泪，对着池塘的水笑了笑，才走进屋。

在一片孤独和喑哑中，婉婉度过了她灰色的幼年，转眼就到了上小学的年纪。单眼叔公砍了自留山里半山的杉树，换钱给婉婉交了学费。婉婉的小学生涯开始了，她噩梦般的童年也拉开了序幕。每次课间休息，或者上学放学，女同学们对她敬而远之，一伙调皮的男同学则像鬼魅一样如影随形，处处捉弄整蛊她，不是把毛毛虫放到她脖子上，就是把路边捡到的死蛇挑到她面前，甚至还把从墓坑中

找到的死人骨头偷偷塞入她的书包。每天踏出家门上学，她都要鼓起很大的勇气，她不知道今天等待自己的是什么样的折磨。但是婉婉从来不敢把这些遭遇告诉单眼叔公，她知道单眼叔公脾气不好。

有一次，下排屋的几个高年级男孩把婉婉围住，为首的是生产队长闵仁富的孙子，他抓了一把苍耳抹到婉婉的头发上，再把一个鞭炮点燃了扔进婉婉的书包里。这一幕恰好被破例前来接女儿放学的单眼叔公看到，单眼叔公烧红了双眼，一个饿虎扑食，把闵家公子按倒在地上，挥起铁锤一般的拳头，如暴风骤雨一般往下砸。单眼叔公当过兵，每一拳打下来都有千斤力气，都发出厚实的闷响。在场的小孩吓得面如土色，四散逃去。单眼叔公用拳头在干燥的黄泥路面上砸出一个坑，闵家公子蜷缩在地上浑身发抖，大小便失禁。从此之后，没有人再敢欺负婉婉，也没有人愿意跟她玩。从小学到初中，婉婉独来独往，没有一个玩伴，陪伴她的只有单眼叔公从集市上买回来的破旧的书本和家里那只凶恶的

母狗。

生活像流溪河的水一样平静地流过。初中毕业，婉婉以全乡第一的成绩考入一所中专。中专三年，婉婉很少回家，即使春节在家的几天，她也深居简出。中专毕业后，婉婉被分配到特区的一家国营企业上班，后来嫁给了当地人，生下一个女儿。婉婉每个月都会寄钱回家，这些钱单眼叔公一分没花，都存进了乡里的信用社。

3. 长大

单眼叔公是非常节俭的人，除了女儿回来，一年四季我们从来没见他买过豆腐割过肉，倒是经常在集市上看到他在卖鸡蛋。农村人都用剩饭剩菜喂狗，单眼叔公家的母狗可没有这样的待遇，吃的都是芋头地瓜，所以他家的小狗一直喝不到充足的奶水，长得干瘦难看。

晚上，母亲熬了大米鸡蛋粥，让父亲送到单眼

叔公家去喂狗。那时候我才知道，单眼叔公家的动物不管是鸡鸭鹅，还是猫狗猪，都是有名字的。这只老母狗叫黄姆，三只狗崽从大到小分别叫蓝鬈、花妗儿和白宍。单眼叔公还给单耳朵猪取名叫黑奇，在客家人感觉中，这名字并不好听，但很贴切。

在单眼叔公的努力下，蓝鬈、花妗儿和白宍很快就接纳了黑奇这一位新成员，黄姆也视黑奇为己出。喝奶的时候，蓝鬈、花妗儿和白宍几分钟就吃饱喝足，在旁边呼呼大睡去了，黑奇还在用力撕咬黄姆的乳头，黄姆疼得龇牙咧嘴，它抬头看了看黑奇，又安静地躺下来，任凭黑奇粗鲁地吮吸着，眼睛里闪耀着慈爱的光芒。喝足了，黑奇也会撒娇地蹭到黄姆的脖子下面，依偎着黄姆的下巴，安然入睡，肚皮一张一收，像个可爱的孩子。这个时候，黄姆会伸出温暖的舌头，轻轻舔舐黑奇的眼睛和耳朵，舔得黑奇直伸懒腰，然后翻一个身，继续睡觉。

夏风摇曳，蝉声悠扬，瓜蔓爬上篱笆，分插到田里的秧苗茁壮成长，草香村的每一个地方都充满

着青春和希望的气息。

父亲隔三岔五就会给黄姆送去肉粥或蛋粥，黄姆的乳房变得充盈饱满，三只小狗崽一下子长大了很多，毛色越来越柔顺，脸上肥肥糯糯，煞是可爱。尤其是黄中带黑的眼珠，水灵灵的，晚上用手电筒一照，仿佛凌晨升起的启明星。黑奇就更不用说了，全身黝黑发亮，肚子圆鼓鼓的，一根一根的体毛被黄姆的舌头梳理得整整齐齐。黄姆不再害怕我们，每次我和父亲出现，它还会带领三只狗崽和黑奇到门口迎接我们，目光炯炯地盯着父亲手里的粥食，尾巴摇得像上了发条一样。每次我们离开，黄姆和黑奇就会跟出来，然后站在单眼叔公门口的池塘边上，目送我们走出很远，直到我们完全消失在夜色之中。单眼叔公还是那么冷酷，很少说话，也不会给我们倒水，只是在家里进进出出，忙前忙后，不是给鸡棚里的鸡鸭喂食，就是修理白天用坏的农具，或者不知疲倦地打扫干净得一尘不染的厅堂。有几次，我发现单眼叔公拿着扫把，看着桌子上婉婉的

照片发呆。父亲说，单眼叔公的冷酷都是装的，他没有村民传说的那样凶狠，他只是把自己封闭起来，避免受到外界的伤害。

太阳从东山升起，又从西丘落下。苦瓜、冬瓜、南瓜、黄瓜和蒲瓜纷纷从瓜蔓中探出身子，露出肥硕丰满的身子。拐枣挂满枝头，把枣树压成驼背的老人，顽皮的孩子从篱笆里抽出竹枝，把枣子打了一地，匆匆捡到几个就战战兢兢地逃得无影无踪。

黑奇和三只狗崽在黄姆的哺育下继续长大。黄姆不再整天宅在单眼叔公家，它每天带着三只小狗和黑奇在乡村小路上溜达觅食。刨一刨土包，探一探泥洞，啃一啃野花，扯一扯野藤，黄姆每搜索折腾过一个地方，蓝髻、花妗儿、白宊和黑奇都会像煞有介事地在那里重复一遍黄姆的动作，像是在展示自己的学习能力，又像是在质疑黄姆的搜寻能力。村民们看到一只母狗带着三只狗崽和一只猪崽在户外活动，纷纷驻足观看，像看外星人一样。黄姆抬头望了望围观的村民，又看了看湛蓝的天空，甩了

甩尾巴，依旧我行我素地扒拉着可以触及的一切。现在的黄娓，完全没有了往日的凶狠，它投向世界的目光都那么柔和。也许，这就是母亲的力量，这个身份足以改变一只母狗面对外界的态度。很多时候，黄娓也会带着它的"侦探部队"进入我家，对着我们热情地摇动尾巴，三只狗崽看见父亲，还会撒娇地往父亲脚上蹭，嘴里发出哼哼唧唧的叫声。"侦探部队"的每一次出现，都让母亲手忙脚乱，熬热粥，和剩饭，喂温水，母亲忙得不亦乐乎。母亲还会把黑奇偷偷抱到房间里，摸出一枚生鸡蛋敲到食槽里，给黑奇开小灶。黑奇就像一个失散后重新回家的孩子，被母亲热情地照顾着，而它自己却对其中的原因懵懂无知。

记得一个黄昏，黑奇闯进我们家空空的猪圈，它茫然地看着自己出生的地方，上上下下左左右右打量了很久，似乎在极力回忆着什么，又似乎什么都想不起来，眼睛里充满迷惘和落寞，最后悄悄地退了出去。风呼呼地吹过屋顶，吹来了夏天日夜交

替的讯息，也吹来了我们痛苦的记忆。这段记忆，就像一道透骨的伤痕，隐隐作痛，不可触摸。而黑奇，它的眼神混浊迷离，我不知道它是否感受到这个猪圈就是它出生的地方，在这个地方，它曾经经历了生命怎样的磨难。

随着时间的推移，黑奇和黄姆一家出现在我们家的频率越来越高，以致后来，村民已经搞不清楚这几只家畜到底是我们家的，还是单眼叔公家的。单眼叔公并不计较，一开始还会在清晨或午后呼唤几声，让黄姆带领狗崽们回去进食，到了后来，干脆连狗食都不准备了。每天出门有黄姆和黑奇欢送，回家有它们迎接，笼罩在母亲心中的阴云消散了很多。父亲也不再抽闷烟，他常常扯住黑奇仅有的一只耳朵，把黑奇拎起来，让黑奇在空中挣扎打挺，然后再轻轻放下。黑奇总是假装惊恐万状，一落地又绕着父亲跑两圈，重新把耳朵凑到父亲手上，好像在说："我还要玩。"

夜深人静的时候，黄姆带着三只狗崽和黑奇坐

在我家门口的石碫上，像煞有介事地给我们家看门。其实在那个年代，客家山区的治安出奇地好，不要说偷盗，就是你的钱掉到地上了，也不会有人占为己有，大不了捡起来交给村主任，村主任便用村头的大声公广播，让失主去领取。简直就是路不拾遗。所以白天，大家的门窗都是打开的，抽屉也没有上锁，晚上，也仅仅把大门虚掩一下。黄嬷和黑奇它们在门口正襟危坐，倒是可以提前预报家里有客人要来。每次石头大伯、山鸡叔叔或者牛蛋阿哥来访，黄嬷就会显露出它凶恶可怕的一面，带领三只狗崽扑上去，声嘶力竭地吠着。黑奇也不甘示弱，一马当先冲在前面，眼睛瞪得溜圆，好像在领导一场战争的冲锋，嘴里哼哼唧唧。这时，父亲就会操起扫把很生气地走出大门，朝着黄嬷的方向一跺脚，把扫把用力扑到地上："遭大瘟的，打不死你，自己人都敢吠！"黄嬷听到骂声，低着头悻悻地跑回来，像做错事的学生一样站在老师面前一样，对着父亲讨好地摇尾巴，伸出舌头去舔父亲手里的扫把。父

亲把客人请进家里，黄嫂也带着三只狗崽尾随进去，只有黑奇依然蹲在石礅上坚守岗位。当下一个不速之客出现时，黑奇会学着黄嫂的样子扑上去，张嘴撕咬对方的裤脚，扯着对方往相反的方向拉。所以，我们常常看到石头大伯走进我们家的时候，脚上挂着一只又丑又凶、眼睛里露着桀骜不驯光芒的单耳朵猪。

天气依然很热，夏收夏种在一片聒噪中结束了。牛放南山，犁耙入库，鸡鸭早出晚归，庄稼天天向上，草香村迎来久违的恬静时光。开学的日子越来越近，父亲开始为我们姐弟的学费发愁。石头大伯这几年在江西的深山老林里帮人伐木，工作异常艰辛，工资也不高，但是比起挖煤，总算比较安全，运气好的时候，还能寻到名贵山货，发一笔小财。前年冬天，石头大伯采得几十斤松茸，卖了几百元钱。父亲决定去碰碰运气，于是收拾了几件衣服，跟着石头大伯出门了。

草香村的夜晚清幽寂静，辽远暗黑的天空中看

不到一点星光，猫头鹰闪耀着矍铄的目光飞越一片树林，落到另一棵茂盛的柏树上。青蛇扭动着冰冷的腰肢爬过泥土路面，钻进杂草丛生的石壁洞里。在父亲出门伐木的日子里，我们从来没有如此惧怕黑夜。母亲总是早早闩好大门，用灯把家里的每个地方照亮。我们家有一个天井，夏虫的嘶鸣从天井上落下来，我们仿佛听到无数亡灵在夜幕中低吟，共同演奏一首命运的哀歌。唯一能给我们安全感的就是黑奇和黄囡一家了，它们并排坐在门口坚硬的麻石上，目光炯炯地注视周围的一切，每一丝气息、每一声吠叫都能把恐怖的黑夜撕裂。

狗能通宵值班，猪不行，黑奇是一头出生不久的小猪，它身上流淌着猪类滚烫的血液，当然也有猪家族固有的惰性。当母亲把家里最后一盏电灯熄灭的时候，黑奇也会通过狗洞悄悄钻进我家，在厨房的柴垛里呼呼大睡。

阴森的夜晚，很安详。

第三章

1. 大事

八月中旬，草香村发生了两件大事。

第一件大事是：山鸡叔叔的两个儿子——水濠仔和土凫仔在流溪河的羊宝潭里淹死了。羊宝潭在流溪河上屋桥下面，是一个由灌溉堤坝的水往下冲刷而成的一个深水潭。流溪河的水从三米高的上方俯冲下来，在水潭前方造就了像龙卷风一样的漩涡暗流，但是一丝水花都没有，仅仅发出低沉浑厚让人全身发怵的声响。水潭周围茅草丛生，水体深幽发黑，太阳光照射下去，光线全部被水没收。这个阴森的水潭，从来没人知道有多深，更没有人去那里游过泳，即使是电鱼的人，也会直接跳过这一段。

当天中午，烈日凌空，水濠仔和土凫仔两兄弟

偷偷跑到羊宝潭游泳。脱了衣服，水濠仔先下水，他刚踏入水潭，就一个趔趄摔进水潭，水濠仔用力往岸上游动，但是漩涡的巨大力量让他所有努力都变得徒劳。水濠仔被拖到水潭中间，身体旋转了几圈后就被漩涡吸到潭底。水濠仔的哥哥土凫仔吓得脸色苍白，大声呼救，周围劳作的村民闻声赶来，有的站在水潭上方的木桥上，有的站在水潭的石滩上，但是都无动于衷，没有人愿意下去营救水濠仔，毕竟，下去营救的结果最可能就是死亡。土凫仔急出了眼泪，他一遍遍地下跪哀求叔叔伯伯们帮帮忙，救救他可怜的弟弟，但是得到的是一次次的摇头和叹息。土凫仔眼睛红肿，粗喘了两口气，纵身一跃跳进水潭。

派出所的民警花了两个小时才把这兄弟俩的尸体打捞上来，闻讯赶来的山鸡叔叔和他的妻子抱着两个小孩的尸体哭得天昏地暗，声嘶力竭，双双晕厥在石滩上。

那天晚上，山鸡叔叔夫妇手上扎着潘伟先生

调配的葡萄糖吊针，目光呆滞、有气无力地躺在古旧的木床上，嘴里一直喃喃自语："儿子，我的儿子……"那声音嘶哑无助，尖厉绝望。

那天晚上，草香村的刘唐叔公带领村干部帮山鸡叔叔料理了后事，把全身发黑、死不瞑目的水濠仔和土鬼仔兄弟双双埋葬在南山腰上的短松岗。离开新坟的时候，刘唐叔公还用火柴点着了这两兄弟的书包，一明一暗的火焰把他严峻的脸庞照得轮廓分明。

那天晚上，单眼叔公一夜无眠。单眼叔公想起了自己的妻子，想起了妻子在深水潭淹死后痛苦的神态，他一遍遍地辗转翻身，双眼中有晶莹的泪水顺势流下。

第二件大事是：潘庆婶家的狗疯了，咬死了潘庆婶的家婆祥云阿婆。潘庆婶是潘伟先生的堂妹，也是铁罢子叔叔的老婆，她和铁罢子叔叔没有留下任何子嗣。自从铁罢子叔叔去世后，潘庆婶就养了一只大狗，大狗的陪伴让潘庆婶暗淡无光的日子多

了一抹色彩，潘庆婶像对待孩子一样喂养大狗。

八月初的一天，潘庆婶带大狗去乡里赶集。潘庆婶卖了两筐地瓜，换了十多元钱，潘庆婶买了油盐之后，用剩下的几毛钱给祥云阿婆买了两个热烘烘的包子，绑在扁担的一头。回程路过花树村的时候，一条凶恶的公狗扑了上来，要抢夺潘庆婶的包子。潘庆婶的大狗跟这条凶戾的公狗扑咬起来，最终大狗打赢了公狗，但是"伤敌一千，自损八百"，大狗也被公狗咬得伤痕累累，走路一瘸一拐。几天后，大狗就变了一副模样，见人就吠，遇狗就追，不吃不喝，彻夜嗷叫。祥云婆婆端着剩饭去喂大狗，大狗一声不吭，对着祥云婆婆的脚上来就是一口。祥云婆婆的小腿被撕开一道很深的口子，翻出白白的肉，皮囊上还有几个凹陷的牙印，犹如一朵颓败的兰花。潘伟先生用酒精消毒，针线缝扎，打了破伤风针后，祥云婆婆就回家了。一路上，祥云婆婆还念叨："打什么破伤风针，费钱！"

潘伟先生再次见到祥云婆婆的时候，祥云婆婆

趴在房间的地板上，全身扭曲，怒目圆睁，像一只饥饿愤怒的猎犬。潘伟先生拿扇子往她身上轻轻一摇，祥云婆婆便咽肌痉挛，四肢抽动，面目拧巴在一起，用力爬到木床底下，抬头朝潘伟先生和潘庆婶吠叫，声音像极了抢包子那只公狗。潘伟先生的心像被闪电击中似的抽搐了一下，顿时出现心力交瘁的眩晕感觉。他在潘庆婶的木条凳上坐了很久，才嗫嚅着告诉潘庆婶，是狂犬病，准备后事吧，熬不过六天。

阴云惨淡，草木含悲，南山短松冈上多了一个坟冢。坟冢前面，红色的鞭炮纸屑散落一地，仿佛喷洒的鲜血，压在墓碑上的白布条在夏风中猎猎作响。新坟紧挨着铁罡子叔叔的旧坟，外形类似的墓碑上，祥云婆婆和铁罡子叔叔的名字清晰可辨，另类的母子团聚给南山增添了一抹恐怖的凄凉。

大狗也潜进了南山密密匝匝的树林，村主任刘唐叔公带领一帮青壮年携棍棒搜索了两天，无功而返。

流溪河，这可是草香村的母亲河啊，千百年来，草香村的村民世世代代喝着它的水繁衍生息，走过了一段又一段艰难的时光，抵达了比远方更远的地方。这里从来没有悲伤，从来没有遗憾，从来没有生离死别，只有"长安一片月，万户捣衣声"，只有"一夜东风吹雨过，满江新水长鱼虾"。

2. 捉鱼

转眼到了八月末，秋老虎完全没有给草香村清凉的机会，太阳依然像火球一样发出燎人的光和热，草香村闷热得像一个巨大的蒸笼。这个适合在流溪河畅快游泳的时节，流溪河的水坝和水潭一片宁静，溪石斑、柳根鱼、小蓝刀和野黄角探头探脑地从石缝里游出来，没有电鱼机的威胁，也没有游泳爱好者的骚扰，它们无拘无束、成群结队地四下游动。流溪河岸，络石花已经谢去，圆圆的果子隐藏在被骄阳晒得没精打采的叶子间，顽皮可爱。

　　黄姆带着三只小狗和黑奇来到流溪河水势最平缓的地方，用前爪刨沙，用溪水洗脚。毒辣辣的太阳把黄姆和小狗晒得直吐舌头，黑奇抬起头，眯着眼看了看辽阔的蓝天，转身躲进了岸边茂密葱茏的牛皮冻叶丛里，而黄姆则引领着小狗们游向流溪河的深水处。经过几十天的生长，此时的黑奇已经精壮彪悍，身形远远超过了三只小狗，甚至只比黄姆矮了半个肩胛而已。原本平平奇奇的四肢长出了腱子肉，两条后腿天生很长，属于先天畸形，如今线条优美，强壮有力，跑步的时候给黑奇提供了无穷的动力，完全没有普通家猪的笨拙。由于长期跟狗生活在一起，黑奇褪去了猪的习性和弱点，动作敏捷灵活，奔跑的时候就像一道黑色的闪电，经常由于速度太快，要停下来的时候刹不住车，在地上滑行很远。所以在黑奇奔跑过的地方，总是能看到它刹车时留下的划痕。黑奇喝水的方式也跟其他猪不一样，它不会把嘴巴伸进水里"咂巴咂巴"吸水，而是跟黄姆一样，伸出舌头往水上轻轻一卷，水便

卷成球状，顺着它粗糙的舌头滚进喉咙。

狗是天生的游泳好手，没有经过任何的学习和训练，蓝鬈、花妗儿和白宊就能自如地在水里游动，尽管狗刨动作姿势不是那么优雅美观，但是足够轻松，足够惬意。一群群山坑鱼放肆地从小狗身下的水里游过，蓝鬈瞄准一条掉队的溪石斑，张嘴往水里一咬，溪石斑一个激灵沉到水底，蓝鬈被呛得全身抽动，直打喷嚏。黄鳢游了过来，朝蓝鬈吠了几声，四下张望寻觅，待一群柳根鱼游来，它从后面撵了上去。感觉到了后方的动静，柳根鱼加快了速度，仿佛古代战场上一群穿插作战的轻骑兵，在流溪河上划出弧形曲线。黄鳢用直线追击的方式，有意识地把柳根鱼往浅滩上驱赶，游动几圈之后，柳根鱼果然上当了，大部分游到流溪河靠近凤尾竹一边的沙子浅滩上。黄鳢的四肢够着浅滩滩底后，便站起来一个猛冲，柳根鱼吓得四散逃跑，大部分以弧形姿势游回到溪水深处，有几条倒霉的柳根鱼却冲上了岸，搁浅在沙滩上。黄鳢回头朝三只小狗嗥

叫一声，蓝鬐、花妗儿和白宊心领神会，朝黄鼬的
方向游去。

　　鱼肉并不是狗的最爱，但是柳根鱼鲜嫩透明，
三只小狗吃得尽兴，黄鼬蹲在沙滩上，看着小狗们
狼吞虎咽的样子，眼睛里全是慈爱和满足。阳光依
然猛烈，白穗花举起了耀眼的旗帜，水虿逃离暴晒
的水面，爬行到阴暗的岩石缝里。在阴凉舒适的牛
皮冻叶下，黑奇已经打起了呼噜，任凭蚊虫在头顶
飞旋，一动不动，只有肚皮上下有节奏地起伏。黄
鼬叼着一条柳根鱼放到黑奇嘴巴下面，"汪汪"吠了
两声，黑奇懒洋洋地动了动脑袋，眼皮都没有抬起，
就换了个姿势继续睡觉。光斑掉在牛皮冻三角形的
叶子上，星星点点，错落有致。黄鼬举起前爪，朝
黑奇的断耳重重一击，黑奇疼得跳了起来，眼球里
有暴怒的血丝，这可是黑奇全身最敏感的地方，但
发现站在跟前的是黄鼬，黑奇立马蔫了，像犯了错
的小孩耷拉着脑袋。黄鼬转身走向浅滩，黑奇跟了
上去。

　　游泳不是猪与生俱来的本领，但是如果你认为猪会淹死，那就大错特错了。黑奇第一次跳进流溪河，它就能浮起来，只是猪蹄子实在不利于划水，四肢扑腾半天，依然在原地，看起来不像是在游泳，而是落水后的挣扎求救。黑奇尝试用仅剩的单耳朵去划水前进，结果更惨，耳朵扇动半天，原地打转半天，它看到了天地在旋转，然后眼睛里还出现了晚上才能看到的星星。

　　黑奇是在晕倒呛水之前被黄姆推回到沙滩上的。但是这一次颜面尽失的游泳经历却让黑奇更加勇敢，接下来的几天，黑奇用耳朵和四肢配合，也能缓慢地在水潭里游动，尽管动作滑稽，表情狰狞。

　　我跟很多人一样，一直觉得猪是最笨的动物，跟狗是反义词的存在。但是黑奇的行为彻底颠覆了我对猪的认知，我甚至觉得，猪可能是动物中的高智商群体。在流溪河里，黄姆一家和黑奇最大的乐趣就是捕鱼。经过几天的模仿练习，蓝鬐、花妗儿和白宾基本掌握了通过驱赶鱼群捕鱼的方式，但

是受限于追击速度和突击时的爆发力，它们三只小狗很少能获得成功。就像蹩脚的足球运动员，在场上像煞有介事地穿插跑动，而后凌空抽射，却很难进球。

黑奇也曾经尝试过这样的捕鱼方式，但是它实在太慢了，鱼群根本就不把它放在眼里，它们从黑奇肚皮下慢条斯理地游过，有时候还不慌不忙地停下来，撕咬黑奇身上的死皮和毛发，黑奇痒得四肢乱蹬却又无可奈何。

流溪河水欢快地流淌，清凉的风儿轻柔地吹拂，尽管已经步入秋天，芦苇荡的苇叶翠绿一片，苇尖粘留着鹅黄色的花絮。秋风加速的时候，有些花絮从秆梢脱落，飞舞旋转，掉到流溪河上。毫无所获的黑奇钻入芦苇荡中，抖落一片花絮，花絮降落伞般漂在流溪河水面上，好似一层清雪。从流溪河上方漂来一个动物内脏，一群溪石斑如获至宝合围上去，争相抢夺，狼吞虎咽。黑奇若有所思，从一米多高的芦苇丛中直接跳到流溪河的深水处，衔住了

残剩的动物内脏，咀嚼片刻，咽下大半，剩下一小半含在口中，然后张开嘴巴半潜在流溪河中，只露出两个鼻孔和半颗脑袋。山坑鱼不知是计，四散开后又重新聚拢过来，一条后知后觉、姗姗来迟的大鲤鱼更是大摇大摆地赶跑了所有的竞争对手，而后钻进黑奇的嘴里一阵饿狼扑食。黑奇的眼珠子转动几下，电光石火之间，两排尖利的獠牙相向合拢，大鲤鱼的身体被紧紧地钉在獠牙上，动弹不得。黑奇不爱吃生鱼，黄嫂和三只小狗也啃不动这条鲤鱼，黑奇便把鲤鱼叼回给单眼叔公。

那一天风很柔和，从流溪河到单眼叔公家的路上行人不少，大家都用惊讶的眼神看着这头丑陋的小猪叼着红色的鲤鱼，有不解，有赞叹。路旁的稻苗已经长得很高，即将抽穗，秋风一阵阵刮来，绿色的浪涛轻轻翻滚，田里散出的泥土夹杂稻苗的独有气味四处飘溢。秋蝉收起了剪刀翅，停住了嗓子，安静地伏在胡楝树粗糙的树枝上。单眼叔公收到黑奇叼回的鲤鱼，呆呆地站立了很长时间，干涩的眼

眶里有湿润的痕迹，记忆又回到了新婚之后的日子，在单眼叔公人生最浪漫的时光里，他曾经多少次用鱼叉在流溪河捕到跟今天一样大小的大红鲤鱼，然后喜不自胜地带回家给鲤鱼剔骨，用茶油和香草炖。单眼叔公最爱吃鱼，但是他总是要等妻子吃饱了才吃。妻子吃的时候，单眼叔公就会坐在八仙桌的对面，笑眯眯地看着妻子，犹如欣赏世间最美的艺术品，此时此刻，妻子总是娇羞地用手轻捂脸蛋，脸上不经意间露出的笑靥甜到单眼叔公的心里。

　　妻子在流溪河的深水潭中溺亡后，单眼叔公再也没有出现在流溪河中。流溪河的每一滴水都仿佛是他心中的血和泪，他不再捕鱼，不再吃鱼，他害怕水里的每一条鱼都可能有妻子的灵魂，甚至每一条鱼都是妻子的化身。单眼叔公把目光望向南山，望向妻子坟冢的方向，秋风吹动他枯朽凌乱的头发，苍老的面容里皱纹深浅不一，捧着鲤鱼的手指干枯得像松树的枝条。二十多年，二十多年啊，这二十多年来，单眼叔公的每一天都过得异常煎熬，而每

一个日子又像刻刀一样，深深地刻进单眼叔公死灰般的心里。单眼叔公想起了亡妻的一颦一笑，想起了女儿婉婉的天真可爱，想起了他们一家三口共同经历过的一段段时光，心如刀割，泪流满面。

3. 回归

九月份以后，粤东北秋意渐浓，油茶树结的果子绿中泛黄，一串串躲在树叶间，像顽皮的孩子。山冈上杂乱生长的桃金娘满树都是成熟的山稔子，放学后的野孩子们不再直接回家，而是爬上山梁，边吃山稔子边讲述各自校园里调皮捣蛋的"英雄"故事。阳光依然凶猛，但是一早一晚的气温已经明显降低，晚上不用风扇也可以睡着，像单眼叔公这样年纪的人，清晨出门干活还穿上了厚实的布褂。

相比春天，秋天更被客家人喜爱。春天代表着弯腰屈膝的艰辛劳作，代表着青黄不接的三荒四月。秋天不一样，秋天是轻松惬意的，秋天有芳香四溢、

香飘十里的桂花，有永远吃不完的野果，有在田间逐步放慢的脚步。但是那年的秋天是让人惧怕的，潘庆婶家的疯狗依然潜伏在南山，隔三岔五还会下山，其间咬伤了好几只猫和三只大狗。被疯狗咬伤了就要注射狂犬疫苗，狂犬疫苗一百多块的价格对于山区的任何一个家庭来说都是巨大数字，若小孩被狗咬伤没有及时告诉家长，等待小孩的就是可怕的死亡，等待这个家庭的，也将是白发人送黑发人的无尽痛苦。

开学初，父亲风尘仆仆地回来，交给妈妈一条经过特别缝制的裤子和一蛇皮袋山货。妈妈用剪刀小心翼翼地把裤子的内袋挑开，里面是一沓叠得整整齐齐、用布帕包了一层又一层的零钱。母亲没有说话，去厨房给父亲热了剩饭，配上一碗咸菜，父亲狼吞虎咽地吃了起来。昏暗的光照在父亲黝黑嶙峋的脸上，也照在母亲柔弱的心里。

几天后，父亲跟着一个远房表叔出远门打工去了，据说去特区，需要办理边防证，还需要十元钱。

十元钱对于我们家来说，是一笔大数目，父亲一咬牙，没有办证就跟着表叔搭上了开往深圳的长途大巴。父亲不在家的夜晚阴森凄凉，母亲把大门闩得很牢，还把家里外墙的每一个小洞都用石头柴草堵住。黑奇很懂事地从单眼叔公家搬到了我们家，每天晚上都坐在我家门口的石磴上给我们看门，眼睛目不斜视地望着南山的方向。这像煞有介事的举动在外人看来也许滑稽可笑，但是在那个特定的时刻，却给了我们全家雪中送炭般的温暖和安全感。

秋夜，天空高远，山风吹动大山厚重的影子，夜虫的叫声从最渺远的地方穿透过来，恍如南山上传来的挽歌。流溪河两旁的竹子摇摇曳曳，猫头鹰在梧桐树上眨动锐利的眼神，老鼠从洞里鬼鬼祟祟地爬出来，试探了几下，又缩了回去。我躺在板硬的木床上，昏暗的灯火已经熄灭，无尽的黑暗光速般向我包围聚拢。有时候，外面的村道上会传来晚归赌徒的喧闹声以及附近大狗的吠叫声。我一直讨厌那些在村口打牌的男人们，我觉得他们的不务正

业就是草香村的一道败笔，但是此刻，我竟感觉那些声音是如此的迷人，如此的动听，美好到足以让我放心地睡着，不再恐惧。我曾经同情我的同学，因为他们的父亲是十足的赌徒，可是那段时间，我开始羡慕他们，羡慕他们的父亲就在伸手可及的地方。在这个世界上，父亲几乎都是如出一辙的冷酷和严肃，但又是超人一般的存在。做错事的时候，父亲的责骂和抽打往往让我碎心裂胆。但是父亲不在家的日子，我又无比怀念父亲高大的身影，甚至怀念他的呼吸与汗味。除了想念，其实我对父亲更多的是担心。父亲去深圳的时候，并没有带多少盘缠，也没有边防证，有好几个夜晚，我都梦到父亲在特区偷渡关口被执法人员追捕，走投无路的他只好躲进茂密的大山，在阴森的坟地里过夜。直到很多年以后，我才从父亲轻描淡写的话语中得知，刚到深圳找工作的那段时间，我在噩梦中梦到的所有画面，父亲都经历过。

黑奇晚上给我们家看门，白天大部分时间都在

睡觉。偶尔也会去一趟单眼叔公家，单眼叔公像迎接回娘家的女儿一样对待黑奇，去地里摘新鲜嫩绿的油菜，煲一锅上等的粥，把门关上，让黑奇独自享用。黑奇吃了几口，用嘴把门拱开，让黄姆和三只小狗也进来。单眼叔公下地干活，黑奇和黄姆左右不离。

4. 搏杀

转眼到了中秋，潘庆婶家的疯狗已经十多天没有现身了。村里的老人家说，那疯狗肯定已经病死在南山了，因为得了狂犬病的狗一般熬不过半个月。

那天下午，凉风习习，村口的百年桂花树把沁人的芳香送到草香村的每一个地方。村委会平房门口的空地上人声鼎沸，县"物资交流"下乡大队再次来到草香村，村民们倾巢出动，拿着自己家的大米、黄豆、葵花子和鸡鸭鹅去换琳琅满目的商品。大人忙得不亦乐乎，小孩当然少不了自己的节目。

我和猪头队的队员们爬上河边的大柑树，用长长的竹竿捅下灯笼一般大小的柚子，我的哥哥姐姐带着自己的小跟班去山上摘桃金娘，一路吆喝，一路歌唱。田野金黄，野果飘香，草香村的每一个角落都洋溢着节日的快乐，每一个旮旯都充满着收获的笑声。

危险总是在不经意间降临。

当我斜坐在大柑树的枝丫上休息的时候，我眼角的余光看到了潘庆婶家的疯狗，它正压低了腿不动声色地往对岸一块稻田的田埂靠近，而它的前方，是正在割鱼草的三斤大哥的两个女儿——柳柳和榴榴。我记得那时候的阳光是金色的，秋风像棉絮一样轻柔，抽穗的稻苗在微风中摇曳出最美的舞姿。流溪河哗啦向前，水蜻蜓悬停在空中，胡楝树的叶子曲折飘落，秋蝉不再鸣叫。

"狗！狗！狗！柳柳快跑！"我扯开了嗓子。

一切都迟了，柳柳的手臂被撕咬开裂，一抹殷红从半空中飘落，在田埂上开出一朵莲花。榴榴举

着镰刀朝疯狗头上一砍，疯狗往旁边一躲，左耳朵被削去一半。疯狗的眼睛里冒出可怕的凶光，榴榴挥舞镰刀站在疯狗和柳柳之间，嘴里啊啊大叫，栗栗危惧已经变成殊死一搏。疯狗的数次进攻扑咬都被榴榴的镰刀逼退，我和猪头队的伙伴们在大柑树上大声呼喊，希望远在村口的大人们能听到我们的声音赶来，也希望疯狗能被我们的喊声吓跑。疯狗往前扑咬无望，耸了耸肩胛，掉头向我们的方向冲来。我们慌忙往大柑树的更高处攀爬，不经意间，我低头一看，一直跟随在我们屁股后的阿水叔公的孙子小糖梨还在树下。真是怕什么来什么，我连忙往下爬，然后伸手去拉他，可是小糖梨拉住我的手，根本不懂得往上爬。疯狗跃过一个草垛，跃过一条小溪，蹿上羊宝潭上的石桥，像闪电一样向我们狂奔而来。完了，再不上来小糖梨就死定了。小糖梨回头看到桥上朝他奔扑而来的疯狗，吓得一屁股瘫坐在地上，哇哇大哭。紧急关头，我只好抓住大柑树的树枝，降低重心后掉落在地上，把小糖梨扛在

肩上，让他够着大柑树的树枝往上爬。可是小糖梨完全不配合，我把他往上一顶，他只是紧紧地抱着树干，还用大腿夹紧了我的脑袋。

"快爬！往上爬！不要夹我的头！"我急忙大喊。

我听到疯狗的脚步声越来越近，甚至已经听到它粗重的呼吸声。

可是越是这样，小糖梨越是紧张，还把手松开，差点就摔下来。幸好石头大伯的大儿子金爪子反应快，他一手抓着树枝，一手抓住小糖梨的手往上一拽，小糖梨就被他拉到大柑树的第一排树枝上。当我完成这些的时候，力气已经用完，手脚也完全不听使唤，就像做噩梦一样，我用力往上攀缘，却怎么都上不去。小糖梨已经被金爪子拉到第二排树杈上了，其他小伙伴挂在了更高的树丫上。我眼睛的余光看到疯狗跑过石桥，跨过几个碎石包，正如离弦之箭一般向我接近。我全身疲软，爬不上去，耳朵里听到的全是流溪河水冲击河滩的声

音，还有疯狗四肢接触地面急促的撞击声。秋日的阳光像万把利刃穿透我的身体，而我的大脑是一片黑暗，不听指挥的手脚徒劳地在大柑树的树干上摩擦，疯狗身上独有的恶腥臭味越来越浓烈。那是我生命中最煎熬的几秒钟，那几秒钟，足足有几十年那么长。

"汪汪！"耳边传来黄獡熟悉的吠叫！这一声犬吠仿佛是我的生命之光，瞬间点亮了我的一切希望。不知什么时候，黄獡和三只小狗出现在流溪河岸，它的一声吠叫立刻吸引了疯狗的注意，疯狗狂奔的脚步停了下来，旋转身体朝着黄獡的方向奔去。

"呜……汪！汪汪！"蓝髻、花妗儿和白尖也跟着黄獡一起吠了起来。在这个间隙，我的身体恢复了力量，金爪子也下来拉我一把，我摇摇晃晃地还是爬上了大柑树。

疯狗被激怒了，全身狗毛倒竖起来，两只狗眼迸射出阴森森的光，它两条后腿往下屈蹲，尾巴平直地挺起，接着咆哮一声，朝黄獡和三只小狗扑了上去。黄姆当然不是疯狗的对手，毕竟它刚刚完成了哺育，原本线条优美、肌肉结实的身体已经瘪了下去，速度和爆发力也远远不如雄性的疯狗。所以黄姆的第一反应就是奔逃，但是蓝鬐、花妗儿和白寀还小，四肢很短，根本跑不快。情急之中，黄姆纵身跳进了羊宝潭里，三只小狗见状，也扑通扑通地跳了下去。中秋时分，南粤的气温并不算低，但是流溪河水却是冰凉冰凉的，黄姆和小狗们在水潭边上游弋，浑身发抖。疯狗在桥上愤怒地扑打脚下的沙石，往前试探着要跳下去，又缩了回来。它朝水里的大狗小狗龇牙咧嘴，喉管里发出哼哼咕咕的声音。疯狗的每一次前倾，每一次跳跃试探，都吓得黄姆要往水潭深处游。

羊宝潭的水阴森发绿，没有人知道这个潭有多深，也没有人知道它里面的暗流是怎么形成的，村民只是每次从桥上经过，都能看到从上游漂下来的树枝和菜叶被漩涡卷到潭底，要很久很久才浮上来。水濠仔和土凫仔两兄弟就是被这魔鬼一般的力量卷

进去的。

　　游泳是狗类与生俱来的能力，黄鼬会游泳，疯狗也会。我特别担心疯狗会从羊宝潭水势平缓的一侧入水，如果那样的话，黄鼬一家要么被疯狗咬伤，要么游到潭中被卷入潭底。时间在推移，河岸的稻田和远处的南山在我眼里都变得轮廓模糊，只有羊宝潭的水体发出白皑皑的光亮。那一刻草香村的一切都静止不动了，唯有疯狗四下走动拍打地面的样子生动深刻。在这混乱重叠的画面中，突然出现了一个黑影——黑奇！黑奇从很远很远的地方跑了过来。黑奇的两条后腿天生畸形，但是这畸形的长腿却给它提供了足够的动力，它跑起来真的就像一道光，一道黑色的光。疯狗很快就发现了狂奔而来的黑奇，但是它也许从来没有把一头不会撕咬的猪放在眼里，所以它只是回头看了一眼，就继续觊觎羊宝潭里的狗。而这漫不经心的一眼是致命的，当它听到轰隆的如同马蹄一般的脚步声、准备回看第二眼的时候，黑奇已经冲到离它很近的地

方了。我们在场的每一个人都惊奇地看到，黑奇
在撞向疯狗的那一刻，它压低了重心，只有一只
耳朵的脑袋就像一个巨大的锤子，把疯狗重重地锤
飞，而黑奇，在桥面上滑动了大半米，四肢在粗糙
的石面上划出四条清晰的痕迹后，终于在边沿处
停了下来。

疯狗的身体被撞得变了形，直到飞在空中的时
候才抖动着恢复了原来的形状。疯狗在空中划出的
弧线是我今生见过最美的弧线，因为这条弧线的终
点是羊宝潭的潭心。没有任何悬念，也没有任何嗥
叫，疯狗就被幽绿的潭水卷到了潭底，除了几个气
泡，我们什么都没有看到。

刘唐叔公赶来了，三斤大哥赶来了，阿水叔公
赶来了，潘伟先生也提着一个行医袋赶来了，全村
老少都赶来了。单眼叔公用长篙往潭底捅了一会儿，
面目狰狞的疯狗打着转浮了上来。刘唐叔公挽起裤
脚，在水潭的下游拦住漂动的疯狗，把它踹到岸上。
三斤大哥用锄头砸烂了狗头，在梧桐树下挖了一个

坑，把疯狗的尸体埋了进去。

正秋的太阳穿透薄薄的云层，悬挂在苍白的天空中，血一般的红。流溪河水潺潺向前，两岸的树林里传来飞禽尖锐的鸣叫。再过几个小时，最圆最大的月亮就会爬上南山之巅，那时候的草香村，一定会浸泡在银色童话般的世界里。

第四章

1. 打狗

两天后的下午，上面来了一支打狗队，他们把拖拉机停在村委会门口的空地上，拿着大棒，三人一组，在草香村的每个角落转悠。只要见到狗，甭管大小，上去就是狠狠的一棒子。

在我们的少年时代，粤东北的山村民风淳朴，只要是上面来的人，村民都对他们毕恭毕敬。曾经

有两个自称是上面派来的工作组人员，在村里住了整整一个月，村主任刘唐叔公和村委会的干部停下地里的活儿，唯唯诺诺地伺候了他们一个月。那时候的村民都穷，若不是年节，餐桌上是不见荤的，村干部们愣是把自己家的鸡杀完了来给他们加菜。到最后，村干部家的鸡蛋都吃完了，刘唐叔公还把池塘里刚长到玉米棒子大小的皖鱼捞上来，做成美味的客家炸鱼。工作组人员离开的时候，村干部把他俩送到村口，哈着腰结结巴巴地提了一个请求：明年草香村的水利拨款能否安排一下。工作组人员从喉咙深处哼出一声"嗯"，就扬长而去。

几年过去，工作组的人再没回来，草香村的水利拨款也不见踪影。这一次打狗队的到来，刘唐叔公特意从田里跑回来给他们泡了茶，打狗队没有踏进村委会的大门，直接进村开始打狗。村民收到风声后偷偷地把自己的狗藏匿起来，藏匿不及的，只能眼睁睁看着自家的狗被凌厉的木棒砸破头，然后拖到村委会门口的拖拉机上。下村有两个冲动的青

年男子气不过，操起家伙要去跟打狗队的人干架，结果被其他村民结结实实地抱住，只能从嘴里发出歇斯底里但却无济于事的吼叫声。

"他们是上面派来打狗的。"抱住青年男子的村民劝道。

"是啊，谁叫我们村出了疯狗。"

打狗队的人把一只奄奄一息的狗扔到货卡上，点燃一根过滤嘴香烟，慢悠悠地从青年男子身边走过。

草香村有一些狗躲过一劫，单眼叔公的黄姆、蓝髻、花妗儿和白尖就是。村民们把狗牢牢地关在自家棚房里，个别跟单眼叔公没有嫌隙的，也建议单眼叔公这样做。单眼叔公忙着手上的活计，没有理会。

2. 劫难

过了中秋，秋风就加快了给大地上色的速度。路边的小草开始泛黄，稻田翻起了金色的波浪，流

溪河边的梧桐树上飘下金箔一样的叶子，窸窸窣窣。罗珀障终年生长的茅草戴上了镶边的帽子，微凉的露水从尖叶上滑落，滴在寂寞的黄土上。

那天单眼叔公出门，走到池塘边又绕了回来，放下锄头，把黄毑、蓝髻、花妗儿和白宊关在谷仓房里。把它们唤进去的时候，蓝髻、花妗儿和白宊三只小狗不明所以，兴奋地晃动脑袋，摇着尾巴。黄毑怔怔地看着单眼叔公，眼睛里流露出一丝无奈和困惑。单眼叔公把门一关，谷仓里响起了四只狗呜咽和拍打房门的声音。单眼叔公回头看了一眼，重新用锄头挑着箩筐走向南山。黄毑已经跟随单眼叔公生活十多年了，十多年来，黄毑要么陪着单眼叔公去田地里劳作，要么镇守家门让单眼叔公没有后顾之忧。这漫长的十多年，也是单眼叔公生命中单纯而孤独的十多年，婉婉从读中学、中专到留在特区工作，在家里待的时间屈指可数，是黄毑陪着单眼叔公走过一道道田埂，攀上一座座大山，守过一个个难熬的夜晚。

　　黑奇在谷仓房的外围转了几圈，嘴里哼哼唧唧，应和着三只小狗从里面传来的叫声，准确地说，应该是三只青年狗的叫声。从出生到现在，几个月的时间，蓝鬐、花妗儿和白宊已经长到十多斤，肩胛已经到了黄姆肚子的位置。只是在黑奇看来，它们只能是小狗，因为此时的黑奇，已经快一百斤了。

　　当单眼叔公的身影快要消失在沙子路尽头的时候，黑奇追了上去。

　　南山脚下，单眼叔公有几块旱地，那是二十多年前单眼叔公和新婚妻子一锄头一锄头地开垦出来的。妻子去世后，这些地曾经荒芜了很多年，直到婉婉上了中专，单眼叔公才重新把泥土翻松，种上木薯或地瓜。今年的木薯长势很好，单眼叔公用镰刀先把木薯根块以上部分砍掉，再用锄头敲打根块，直到把根块从泥土中敲松，能很方便地把它拔出来。单眼叔公还没有把所有的根块敲完，黑奇就哼哧哼哧地把前面的根块拔了出来，叼到地头堆成小山。

"突突"，村口传来拖拉机的声音，秋风中夹杂着柴油的味道。村民们都在田地里劳作，村里只有公鸡喔喔的啼叫，车一熄火，打狗队的人幽灵一般潜入草香村。好奇的幼童坐在拖拉机驾驶位上，竭力前倾地抓住车把，兴奋地扭动腰身，摆出一副威风凛凛的样子，嘴里"嘟嘟"叫嚷。狗都被藏起来了，打狗队搜遍大半个草香村，一无所获。

秋风四起，梧桐叶子打着转儿飘落在地，踩上去吱啦作响。打狗队的一个小组从单眼叔公家门口走过，手里拖动的木棒在地上划过，发出很大的声响，黄鲟以为单眼叔公回来了，带着蓝鬐、花妗儿和白宊在谷仓房里汪汪地叫。打狗队的人停下脚步，趴墙侧耳听了片刻，互相之间使了一个眼神，便直奔黄鲟吠叫的屋子。

棍棒打在狗身上的声响沉闷有力，黄鲟和三只狗崽绝望凄惨的叫声撕裂了草香村的宁静。

正在往外拽拔木薯根块的黑奇突然停了下来，仅有的一只耳朵陡然耸立，它眯缝起眼睛，好像听到了

什么，往单眼叔公屋子的方向迈了几步，然后瞪大眼珠，后腿用力一蹬，像炸出的子弹一样往草香村跑。黑奇嘴巴张得很大，速度很快，蹄子撞击路面溅起黄色的尘烟。秋日阳光刺目，荒地里的野菊花已经结出黄绿相间的花骨朵儿，地埂上的几棵枫树举起了一树的火把。单眼叔公抬头看了看黑奇留下的痕迹，眉宇间不经意地皱了皱，继续低头劳作。

黑奇显然还是慢了一步，当它赶回来时，打狗队的拖拉机已经开出一百多米远。黑奇发疯一般追了上去，可一路奔跑回来，它那时的力气已经快要耗尽，加上拖拉机一直下坡，速度太快，黑奇曾经无限接近拖拉机的后尾，但是一下子又被甩掉。黑奇唯一的收获就是记住了拖拉机上每一个男人的样貌，记住了他们不以为意、沾沾自喜的样子。这些样子，像刻刀一样深沉地刻在黑奇的记忆里。从村委会到单眼叔公家，一路是红色发黑的印迹，那是黄娓的血，是蓝髻、花妗儿和白宊的血。

单眼叔公看到被撬开的门锁，看到谷仓里满地

的狗血，看到墙壁上四只狗留下的绝望的抓痕，全身颤抖，拳头紧握，眼睛渐渐烧红。他从厨房里操起一把菜刀，往拖拉机离去的方向跑去。那个方向，是通向乡里的方向，也是上面派来的人回去的方向。暮色四合，单眼叔公回来了，双眼和菜刀一起反射着愤怒的光芒。夜，静得有些彷徨，亚基寨上的那一轮残月，为草香村投下一道冰冷的光。这些光，给流溪河岸的树镶了一条花边，而反映在微光中的树峰侧影，一分钟比一分钟显得更为深黑。单眼叔公蹲坐在谷仓房里，很久都纹丝不动，犹如老屋大堂里那座伫立百年的石像。秋风从残破的大门灌进来，把谷仓房昏暗的电灯吹得摇摇晃晃，单眼叔公手里的菜刀在灯光下闪烁着寒光。

后来的几天，单眼叔公很早就起来，提着刀寻找打狗队的人。单眼叔公走遍了邻村的每一条道，蹚过了乡里的每一条河，瞅遍了三村八堡的每一户人家。刘唐叔公怕单眼叔公出事，特意安排村里几个青壮年跟在单眼叔公后面。单眼叔公没有找到打

狗队的人，也没有打听到他们的下落。最后一次提
刀外出回来的那个傍晚，单眼叔公把菜刀挂在大门
口的梧桐树上，待在家里，一连十几天没有出来。
梧桐的叶子越来越少，枣树的枝丫已经刺向天空，
寒风取代了秋风从北山呼呼地刮来，地上屑叶纷飞，

天上乱云飞渡。流溪河水呜咽流淌，撕裂的波纹映照着身披黄金丧服的野菊。凤尾竹下的虫子钻到更深的地下，从身上褪下的竹壳经历几个月的腐蚀，四周起了雀斑一样的点点，凌乱地躺在流溪河的岸滩上。

在关门自闭的十几天里，单眼叔公大部分时间都躺在床上，大部分时间都没有合上眼。单眼叔公只要一合上眼，脑海中全是黄姆生动活泼的形象。十多年来，那些孤独的日子，那些喑哑的岁月，那些梧桐树下静谧的时光，那些田间地头快乐的点点滴滴，像电影胶片一样在单眼叔公的眼前清晰地展现出来。单眼叔公是一个桀骜固执的硬汉，但是硬汉的内心深处也有最柔软的地方。多少个晚上，醒来的单眼叔公的泪水都在眼睛的两侧乱流，然后滴在浅色的被褥上，湿漉漉一片。除了妻子离世，单眼叔公再也没有如此伤心过。失去了黄姆，单眼叔公的内心不只是空落，更多的是失去了灵魂的依靠。直到十几天以后，婉婉不停地打电话到村里，单眼

叔公也不停地到村委去给婉婉打电话，单眼叔公的表情才少了一丝狰狞。那个年代，有线直拨电话在中国还没有普及，草香村村委也刚刚安装了一部程控电话。这部手摇电话就像战争片里的古董，要先连到乡里，再从乡里连到县里，最后从县里连通到特区，兜兜转转半天，单眼叔公才能跟婉婉说上几句话。但正是婉婉耐心的劝解，正是女儿贴心的关怀，让单眼叔公的生活重新点亮，让单眼叔公重新从床头走向地头。

黑奇也一样。连续好几天，黑奇都蹲坐在草香村的路口，望着打狗队的拖拉机曾经远去的方向。饿了，啃几口路边的野草；渴了，喝几口路坑的脏水；累了，直接倒地睡觉。村民运送种子化肥的拖拉机"突突突"地经过，黑奇抬头看了一眼，面无表情地低下头，继续闭目养神。那时候秋收已过，草香村一片萧索，收割后剩下的禾苗桩子在凛冽的风中瑟瑟发抖。拖拉机司机下来看了看情况，然后扭动车把，让拖拉机驶上田埂，从稻田里绕了过去。

这是一头畸形的猪，这是一头丑陋的猪，这也是一头让路过草香村的外人不能理解的猪。这头猪曾经为草香村除掉了疯狗，也曾经在远在几公里外的地方听到了单眼叔公家传来的声响，它的万米冲刺没有改变黄嬷四口的命运，但是它对黄嬷的思念和守望却感动了草香村很多的人。在好几个寒风萧瑟的晚上，黑奇从路口跑回南山脚下，跑回单眼叔公的木薯地里，接着抬头望一眼单眼叔公的家，蹬起四肢朝单眼叔公家疯狂地奔跑。黑奇省掉了往前迈步和踌躇的环节，它是在盘算和验证，如果没有这些犹豫，是不是它就可以准时赶回来，是不是黄嬷、蓝髻、花妗儿和白宊就不会被打死拖走。

黑奇的每一次奔跑实验都是失败的，它每一次都要跑太长的时间。几乎每一次，它从草香村出发，返回草香村时，东方都会露出鱼肚白。这时候，黑奇就会对着梧桐树下的树桩一阵撕咬，这样的举动的确能排解黑奇心中的痛楚和寂寞，但是一次又一次，这些举动又终归会变得无聊至极。

3. 守护

草香村的冬天是漫长而寒冷的，抬头所见是低厚浑黄的浊云。北风呜呜地吼叫着，肆虐地从村口往南山奔跑，它仿佛握着锐利的刀剑，能砍下枯树的枝丫，能刺穿严严实实的棉袄。每天清晨，田地蒙着一层薄薄的霜，透过那层薄薄的霜，可以看到下面僵化的土地，用脚踩上去，松脆干裂。单眼叔公清理出一间棚房，铺上稻草给黑奇住，黑奇没有进去，依然顶着寒风守在单眼叔公家门口。单眼叔公看一眼黑奇，摇摇头，叹一口气，关上大门。后来，母亲抱来几把玉米秸秆，堆在黑奇夜晚蹲守的地方。

那年年底，草香村下了一场三十年一遇的大雪，柳絮般的雪花纷纷扬扬地飘了一个晚上，雪花落在瓦片上窸窣有声，仿佛一首吟唱了千年万年的歌谣。清早，门口和远处的雪光明净照人，屋顶

上和松树上全是厚厚的雪，仿佛秋收之后草香村每家每户门口晾晒的薯粉。俗话说，瑞雪兆丰年，但是对于南山上的野生动物来说，这简直就是一场灾难。积雪消融之后，南山上成群的黄鼠狼、狐狸、山麂、野猪和獐子趁着夜色跑下山，闯入村庄觅食。连续几天，村民们早上醒来，发现自家的菜园都被破坏得千疮百孔，石头大伯和光头叔公家的鸡圈还遭到黄鼠狼的群体袭击，十几只公鸡和母鸡全被咬死分吃，只剩下一地鸡毛和满屋鸡血。一天深夜，单眼叔公听到棚房里传来乒乒乓乓的声音，披好棉衣后走近一看，两只气息奄奄、满身是血的黄鼠狼正在地上抽动，旁边是獠牙外露、目射凶光的黑奇。

从此之后的每一个晚上，黑奇都蹲守在从南山通往草香村的泥路上，神情肃然，目光如炬。从此之后的每一个早上，在这条熟悉的道路上，都有激烈追逐搏斗的痕迹，以及遗落在路边的动物尸体。白天，黑奇大部分时间都在南山脚下的大杉树上睡

觉，三斤大哥、阿水叔公、山鸡叔叔和牛蛋阿哥等养鸡大户自发给黑奇送去猪食，离开时还轻轻抚摩黑奇伤痕累累的身体，那时候的黑奇，俨然就是草香村村民的财产守护神。吃饱睡足后的下午，黑奇也会跑回村里，尝试进入鸡鸭的领地去和它们玩耍，但是鸡鸭见了黑奇都如临大敌，四散而逃。后来，黑奇只好孤独地站在草垛或者田埂上，远远地看着追逐嬉戏的鸡群鸭群，一副若有所思的样子。曾经有几次，黑奇来到我家，再次闯入我家空荡荡的猪舍，在那个地方驻足了很久，它似乎想起了什么，又似乎什么都想不起来。在它那低头抬头的瞬间，我看到了它目光里露出的迷惘和悲伤，看到了它表情里夹杂的坚毅和落寞。

元旦之后，流溪河的上游发生了猪瘟，一头头死猪随着河水漂了下来。瘟死的猪有的被河水冲到浅滩上，有的被石头挡住，发黑发臭的尸体上布满蚊蝇，整个草香村顿时臭气熏天。不久之后，草香村每家每户的猪也一头接着一头地死去，村民们有

的刨一个坑把死猪埋掉，更多的是直接扔进流溪河。黑奇也不幸感染，有气无力地躺在单眼叔公家门口的秸秆上。母亲叫上单眼叔公和村里的几位叔叔，一起把黑奇抬回猪圈。连续几天，黑奇全身发红发紫，背上是密密麻麻的出血小点。我摸了摸它的耳朵，烫得跟灶头的烧饼一样。母亲熬了粥给黑奇，黑奇躺在草堆里看都不看一眼，有时候没精打采地会爬起来喝上整整一大桶凉水。在我们家的猪圈里躺了整整十天之后，黑奇竟然奇迹般康复了。死里逃生之后的黑奇离开了我们家，重新回到南山脚下蹲守，那时候的它跑得更快，爆发力更加突出。只是经历了这一次瘟疫后，南山的大部分野猪也都死去了，其他野生动物都不敢下山半步。

夜晚，一轮明月升起来了，南山茂密的杉树和裸露的岩石沐浴在水银里。黑奇披着月光，以战斗的姿势坐在高高的土堆上，双目似剑，在泥沙路上拉出修长硬朗的影子。

第五章

1. 年味

过了腊八，草香村的年味就越来越浓。

我的同伴们去小卖部购买属于他们的年货，火药三毛钱一两，导火线一毛钱一米，用五毛钱买回一堆原料，开始制造鞭炮。他们把用过的作业本、练习本、辅导书和连环画册用刀从中间裁开，里面放一根筷子后卷起来，用扁担来回搓压。压实后，取一张纸围住这个纸筒，抹上饭粒粘好。接着抽掉筷子，拿螺丝刀挑压一端的卷纸完成封口，放上火药和引线，再完成另一端的封口，一个手工鞭炮就新鲜出炉了。

那时候还没有放寒假，教室里男孩子们的心早已飞到学校外面。上自习课的时候大家把手放进抽

屉里生产纸筒，下课后躲到草香村小学后面的大树下给纸筒上火药、封口，放学后跑到流溪河去炸鱼。晚自习回家的时候，人群中总有人点燃一个鞭炮，甩到空中，一道"扑哧"声过后，一个绚烂的火球在空中炸裂，随后就是一阵欢呼和躁动。尖子生们在噼啪的鞭炮声中紧张地复习，期待在乡里的"拔尖考试"中一展身手，更多的孩子则在终日的毛躁和"哧哧"的裁纸声里盼望假期的到来。

假期如约而至。小学生们呼啦一声在草香村小学如鸟兽散，三五成群占领了草香村的每一块田野。烧窑、炸鱼、野炊、挖泥鳅、熏田鼠、打野战……这是属于童年的时光，这是小孩才能体会到的快乐。

度过小年，就是客家文化中的"入了年界"，家家户户开始为过年做准备，炸煎堆、打炒米、烤粄皮、油铁勺……朔风吹散了一缕缕炊烟，也吹来了一阵阵香味，让人垂涎三尺。粤东北的年味是跟萧条和破败结合在一起的，小草枯黄，稻田萧索，天空更加空旷，大地更加遥远，昏黄的阳光落在泛黄

的矮山上，大杉树上掉下来的枯枝横七竖八地躺在泥路中。那时候的草香村就像一位风烛残年的老人，他步履蹒跚，历尽沧桑，似乎要在苍茫大地中走向生命的终点，然后把希望和祝福在大年初一那天交给新的一年。

腊月二十五之后，外出打工的年轻人纷纷返乡，他们穿着颜色鲜艳、款式时髦的衣服，像一朵朵五颜六色的花开在草香村的每一个角落。正在田里捏着泥巴、挖着泥鳅或者打着泥仗的小孩们纷纷驻足，向这些从都市回来的大人们投去羡慕的目光。在两三年前，这些穿着花枝招展的哥哥姐姐们也曾经跟他们一样，衣着破烂，光着脚丫和天地混为一体。他们顺着流溪河的方向离开了草香村，竟然摇身一变，成为举止斯文、谈吐特别的城里人，从衣服到鞋子找不到半个泥点，举目所见是光鲜的外表和优雅的气质。年少的小孩当然不知道，春节返乡的几天，其实是这些大人们一年中唯一惬意悠闲的时光，他们终年在闷热、嘈杂的工厂里辛劳，拿到

微薄的薪水，临近年关，买几件廉价的新衣，摆脱一年的疲惫后衣锦还乡。所以，有那么几天，流溪河成了小孩们的航标，流溪河水的方向就是他们要去的方向。

时过境迁，沧海桑田，草香村从那一年开始散发出一丝现代的气息。而黑奇就变得极其尴尬。过年对于客家人意义重大，每个人都对过年寄予厚望，都希望用最体面的方式和最吉祥的所见来获得来年的如意美好。黑奇身体残缺，身形怪异，肤色暗黑，实在很不讨喜。虽然它曾经有过斗杀疯狗、守护全村家禽的光辉历史，但是在辞旧迎新之际，那些都已是过眼云烟。加上瘟疫让全村人都痛失家猪，草香村人对黑奇的情感就从喜爱变成羡慕，最后变成嫉妒乃至厌烦。从大城市回来的人不知道过去的一年这里发生了什么，为了表现出自己与农村人的不同，女孩儿们一见到在村里游走的黑奇就会表现得惊恐万状，花容失色，一旁的男孩儿们当然不会放过这英雄救美的机会，他们有的朝黑奇一跺脚，震

起一缕尘烟，有的用大拇指抹一下鼻子，"啊——哈"一声摆出李小龙格斗的姿势。黑奇什么世面没有见过？它回头看了一眼，一声不响地走开了。

黑奇是孤独的。

　　村里很久没有狗，没有猪，成群的鸡鸭也被圈养起来了，村民们希望用最后的几天时间把鸡鸭养肥，年前赶到集市卖个好价钱，采购年货的钱就有着落了。兴许是受够了村民不友好的目光，黑奇不再外出，整天都蹲在单眼叔公家门口的枇杷树下，或者在我家门口溜达几圈。黄昏的时候，黑奇趴在地上，孑立的影子被拉得很长。落日的余晖懒洋洋地爬过南山那暗黄的肌肤，暖暖地照着这片寂寞的大地。天边的云儿飘过，像是在追随同伴的脚步。冰蓝如玉般的流溪河水缓缓地流着，河里传来返乡女孩儿捣衣时悦耳新潮的歌声。也许景色太寂寥时，心情便会唱歌，歌声伴着流水，将黑奇带到那令人怀念的往昔岁月，带着点神伤。黑奇爬起来走向它坚守的岗位的时候，看到了南山的另一头，那是太阳再次升起的地方，也许明日春天就会来临。

2. 父亲

第二天，春天没有到来，我的父亲和表叔却回来了。我记得那天阳光透明清澈，父亲坐在一辆嘉陵组装摩托车上，穿着一身干净的衣服。表叔从摩托车的驾驶位上下来，摘掉墨镜，帮父亲卸下货架上的行李，然后绝尘而去。母亲收到消息后从很远的地里回来，她在流溪河边洗干净手脚，又在衣服上擦拭干，然后出现在父亲跟前。

"回来啦？"

父亲点了点头。母亲慌忙接过父亲手里的行李，和父亲并肩走在回家的泥路上，脸上笑靥如花。嫁给父亲的十多年来，母亲和父亲聚少离多，为了改变家徒四壁、一无所有的困境，父亲一次次外出，母亲一次次独守空房。父亲在外面经历了多少苦难，受了多少委屈，他从来不说，但是母亲都能理解，都能感受。每一次回到家，母亲都会把积攒了好几个月的农家美味拿出来给父亲品尝，而父亲也会用起早摸黑的行动来弥补母亲独自在家的劳累。那一天，我们家再次出现了男人高大的身影，响起了男人粗重浑厚的声音，石头大伯、牛蛋阿哥和光头阿叔也纷纷造访我家，跟父亲烧茶长谈。从他们的聊天中，我知道了过去的半年，父亲经历过什么。

从草香村到深圳，三百多公里的路程，父亲和表叔花了整整两天时间。先坐拖拉机到乡里，吃完午饭再搭乘班车到县城。表叔行走江湖倒卖小产品十多年，积蓄充裕，出手阔绰，在县城花了20元请父亲住招待所。父亲说，那是他这辈子住过的最好的房间，连厕所都是冲水的，比家里的客厅还要干净。第二天一早，他们坐上了前往特区的大巴。从县城到深圳的路，虽说是国道，但大部分都坑坑洼洼的，开不了几十公里，司机就会在路边的餐厅旁停下来，美其名曰吃饭，实际上是拉客人到路边的赌摊参赌。从早上六点出发，到晚上八点到达，大巴车一共停靠了四次，表叔口袋里的钱也从四百元

跳到了四十元。

父亲和表叔揭下一张招工启事，按着地址来到一家工厂。

"你们想做什么工？"一个肥胖的女人坐在一把藤椅上，敲着手里的圆珠笔问。

"都可以，我们都可以做。"表叔急切地回答。

"那把暂住证拿出来给我登记一下。"

"暂住证？什么是暂住证？"

"暂住证都不知道？那就是你们没有咯？"

"没有。"

女人抬起头，瞪起眼睛："没有？！没有你找什么工作？快把这张广告贴回去！"

表叔当然没有把广告纸贴回去，但是女人的话却浇灭了父亲和表叔刚刚在心头燃起的希望之火。在街上游走的时候，父亲看到三五成群的治安队员在挨个儿查路人的边防证和暂住证，没有证件的都被带走了。父亲和表叔跟治安队员周旋半天，好不容易才在梧桐山下的一个桥洞下栖身下来。

　　父亲和表叔面对的第一个威胁就是饥渴。进入关内快一天了，他们滴水未进。桥洞不远处有一家小卖部，但是一块钱才能买到一瓶水、两块钱才能买到一包饼干的物价，让他们望而却步。那时候深圳关内的开发只有十多年的时间，梧桐山下还有大片的农田和菜地，一条清澈见底的溪流像玉带一样从山上流下来。这里人迹罕至，治安队员和警察也不会光临。表叔趁四周没人，从菜地里摸回两个萝卜，带父亲在小溪里洗干净后，连萝卜叶一起吃了下去。萝卜能给身体提供能量，但还是饿啊，到了半夜，父亲和表叔都饿得睡不着，又爬到溪流边大口大口地喝水。

　　关内的深圳是一座不夜之城，霓虹灯让市区的每一个地方都如同白昼。喝完水的父亲和表叔再也无法入睡，成群的蚊子萦绕在他们周围，嗡嗡作响。草香村的蚊子芝麻一样大小，对皮糙肉厚的农村人来说，它们咬起来几乎没感觉。但深圳的蚊子不一样，每一个都长得如米粒一般粗壮，身上有黑白相

间的条纹，细长的蚊喙就像针嘴一样尖锐，叮在身上奇痒无比。借着微弱的光线，父亲对着蚊子叮咬处就是一巴掌，那个地方立刻出现了三个鲜血溅射的红色印痕。

困，令人昏恹的困，父亲感觉眼皮、手指，甚至每一块肌肉，都如千钧沉重。他在垃圾桶里找到一沓报纸，盖住身上的每个裸露的部位，蚊子却依然能从缝隙里钻进来。在精神的极度困顿和蚊子的无休止叮咬中，父亲沉沉地睡了过去。

父亲和表叔醒来的时候，太阳已近中天。他们坐在桥洞的石头上，望着远处的梧桐山发呆。已经是秋天了呀，家乡的稻子也要抽穗了，特区的太阳依旧毒辣，每一棵草、每一片树叶都反射着刺眼的光线。那个时候的父亲突然无比想念草香村，想念他出生和生长的地方，也想念一贫如洗但是每天都有热汤热饭的家。父亲问表叔："我们会死在这里吗？"表叔没有回答，手里紧紧地攥着仅有的六块钱，目光疲倦而坚定。远处的小卖部旁边有一个餐

厅，有一些人进去后又匆忙出来，生意似乎不太好。让人垂涎的菜肴香味一阵阵地从餐厅厨房的方向飘了过来，表叔和父亲都不由自主地咽了咽口水。表叔把钱塞回内裤兜里，起身浑浑噩噩地走向那间名为"中唐酒楼"的餐厅。

餐厅里只有一桌人在吃饭，料是吃得差不多了，他们放下筷子抽着香烟，正在用父亲和表叔听不懂的白话聊天。在他们吃饭的桌上，大部分菜都只吃了一半，还有一碟豉汁排骨和清炖鲤鱼，连筷子都没有动过。看着这一桌丰盛的佳肴，父亲的口腔里充盈着液体，他吸了吸，咽了下去，肚子就开始激烈地发出"咕咕"的声响。父亲扫视了一圈，发现大厅里除了这一桌客人外，就前台有一个中年女人。这一桌人起身去前台结账后就匆匆离开了，前台的女人把钱放进抽屉，上了锁，然后走向大厅后面的厨房。表叔和父亲鬼使神差地走进大厅，来到摆满剩菜的餐桌前，二话不说，拿起客人用过的筷子就一阵狼吞虎咽起来。父亲和表叔在吃的时候，前台

的女人出来了，她愣了一下，又退回厨房里，当然，父亲和表叔太饿了，他们并不知道。父亲说，那是他吃得最快的一顿饭，也是吃得最香的一顿饭。吃完后，父亲和表叔胡乱地从桌上拿起一条抹布擦干净嘴巴和手，然后慌不择路地离开了。

有一双温暖的眼睛目送父亲和表叔回到桥洞下。

第三天，父亲和表叔就成了中堂酒楼的员工。酒楼老板是一对中年夫妇，他们是深圳本地人，说一口沿海客家话。由于他们不善于做菜，加上人流量不大，酒楼经营了好几年，生意一直没有起色。幸好店面是他们自己的，蔬菜也是自己种的，生活勉强过得去。这对夫妇支付不起父亲和表叔的工资，但是他们可以负责表叔和父亲的食宿，餐厅挣了多少钱，就分一半给父亲和表叔。这可是救了父亲一命啊，父亲兴奋得一个晚上没有睡着，表叔想得更加长远。

"这相当于我们做老板啊！"表叔说。

"是吗？"

"你想一想，如果一年挣十万元，我们就能分到

两万五千元，还是无本生意！"表叔说这句话的时候，眼睛里的光亮不亚于深南大道最耀眼的路灯。

表叔走南闯北十余载，深谙各地美食的做法，所以接到第一桌客人的时候，表叔就问对方想吃什么，辣还是不辣，铁板还是红烧，白灼需不需要加糖，焯水之后要不要过油……表叔按照客人的吩咐做出来后，客人赞不绝口，当天晚上又带了几个朋友来就餐。

梧桐山下的夜晚是寂静安详的，虫子的叫声跟草香村一模一样，凉风一阵接着一阵从门外吹进来，吹散了闷热的空气。表叔对父亲说："要不我们去走走吧。"

父亲掐灭烟头说："也好。"

父亲从餐厅拿了一把手电筒就往外走。去哪里好呢？农村人对土地总有特殊的感情，父亲和表叔走到了餐厅背后的农田里。表叔拿手电筒往水田里一照，好家伙，竟然有两条半斤重的黄鳝！表叔伸手就把黄鳝夹住，父亲在路边捡到一个塑料袋，表

叔把黄鳝放进塑料袋里，沉甸甸的。表叔和父亲继续搜索，他们的手电筒照亮了一片田野，也照亮了中唐酒楼的明天和未来。第二天，表叔做的"铁板土黄鳝"被客人抢购一空，给餐厅带来了几百元的营收。之后的每一个晚上，父亲和表叔都打着手电筒活动在梧桐山下的田地和溪流之间。摸山坑螺，放联排钓，设陷阱抓山鸡……父亲和表叔猎获的食材吸引了市区的很多老板前来光顾，中唐酒楼从门可罗雀变得门庭若市，晚餐竟然要预订。

老板夫妇说到做到，不仅把挣到的钱跟表叔和父亲平分，还把表叔和父亲弄到的食材按市场价的两倍计算。从此之后的日日夜夜，在梧桐山下热火朝天的空气里，留下了父亲低哑厚重的喉音。

3. 正义

有人说，猪又丑又笨。我觉得这完全是错误的，至少黑奇比我见过的所有狗都要聪明，有两件事

为证。

第一件事情是，黑奇再次见到父亲的时候，它几乎没有犹豫，就认出了眼前站着的、衣服干净整洁的男人就是它曾经的半个主人。黑奇像以前的黄姆见到单眼叔公一样，用前爪扑在父亲身上，奋力地摇动尾巴，嘴里哼哼哧哧，两只小眼睛流露出兴奋和激动。父亲把一包竹壳茶和一条香烟放到单眼叔公餐桌上，单眼叔公沏好茶，抽出一根香烟，点着火后开始吞云吐雾。自从四只狗被打狗队的人抓走后，单眼叔公的生活失去了精神依靠，他就学会了抽烟，并且每天靠抽烟来解除生活的乏闷。黑奇讨好地坐在父亲旁边，伸出舌头来舐舐父亲鞋上的泥点。

父亲从单眼叔公家出来，黑奇也跟了出来，尾巴依旧摇动得像钟摆。这一回父亲生气了，他从路边捡起一根干裂的松树枝，把黑奇撵了回去。南方初春的天气就像婴儿的脸，说变就变，原本晴空万里的天空突然飘下花针一般的细雨，打在身上冷飕

飕的。黑奇站在光秃秃的梧桐树下，全身滴满冰冷的雨滴，眼睛里空洞迷离。这不能怪父亲，那个年代的草香村地瘠民贫，村民之间常常为了极小的利益钩心斗角，善良淳朴只存在于日常表象之中。黑奇再丑，也值一千块钱，虽然它出生在我家的猪圈里，但它由单眼叔公一手养大，道理上是单眼叔公的财产。父亲的做法起了效果，之后的两三天，黑奇只有在单眼叔公出门之后才会来到我家，尾随父亲到小卖部去结账，到邻村债主家里去还钱。

第二件事情是，腊月二十八那天，父亲带我和母亲去乡里赶集，置办年货。恰巧单眼叔公去南山挑木薯了，黑奇便远远地尾随我们出发。集市距离草香村六公里远，前去采购年货的乡民络绎不绝，黑奇引起了路人的驻足。在万物肃杀的冬末重新审视黑奇，真的有点丑陋——袋鼠一样前小后粗的身材，锋利的獠牙，流着哈喇子的嘴巴，配上唯一的一只竖立起来的耳朵，简直是凶神恶煞。黑奇曾经为草香村的村民做过很多匪夷所思的好事，但是生活很现实，在难看的外表下，没有人愿意去聆听主角荒诞神奇的故事，黑奇在所有外人看来，就是一个奇葩的存在。黑奇也许感觉到了路人异样的反应，它一路乖乖地走在路的一侧，低头闷声，对一切不理不睬。年前的山野，没有绿树成荫的衬托，显得有些破败。田地里再也看不到劳作的人们，也让人感觉异常冷清。老人坐在熟悉的屋檐下翻阅阳光，把帽檐往下一拉，很快就传来睡熟的鼾声。

集市人山人海，黑压压一片。黑奇是万万不能进去的，不要说动物，就是小孩，如果大人不紧紧拉扯在身前，也很容易走丢。黑奇在距离集市一百多米的一丛香蕉树下坐下来，这丛香蕉树距离大马路有十几米距离，树下有一层层干燥的香蕉叶子，黑奇躺上去软绵绵的，温暖舒适。香蕉树周围长满了野山菊，金秋早已经过去，野山菊的花儿零落成泥，树上的叶子却依然茂密，能把黑奇遮挡得严严实实。

父亲带着我和母亲买了新年的衣服、招待客人用的零食和庆祝新春用的烟花爆竹，在讨价还价之间，转眼就到了中午，我的肚子开始抗议。街上赶集的人实在是太多了，摩肩接踵，停停走走，好不容易挤出人流，父亲决定在集市的外围找一间小饭店吃饭。这是我第一次跟着父母在外面的饭店吃饭，前所未有的新鲜感让我大喜过望。没想到我们刚刚找到位子坐下，黑奇就找到我们，它在门口张望了一下，退到饭店一侧的橘子树下坐下来。在等待上菜的间隙，父亲到对面的包子铺买了四个大肉包子扔到黑奇跟前，黑奇对着父亲摇头摆尾，然后如风卷残云一般把包子一口吃完。

那个中午，是我半年来吃得最痛快的一顿。那时候的粤东北边远山村，虽然说已经步入了二十世纪九十年代，但是改革开放的春风一直吹不进来，大部分家庭依然面临着让人窒息的贫困，昂贵的学费压得每一个大人都喘不过气来，如果不是年节或者有客人来访，是万不会割肉加菜的。当然老师和

乡里干部是例外，每天早上上学，我们都会看着老师从学校厨房里端出一钵清炖猪肉，垂涎三尺，心里暗暗下定决心：一定要冲出苍茫的大山，一定要用知识改变命运！

吃完饭，天空变得阴沉沉的，寒风一阵一阵地刮过来，吹到脸上像刀割一样发痛。集市将要散去，街上赶集的人明显减少。

"我们去割几斤肉吧？"父亲说。

"不用了，阿水叔家大年三十杀猪，我已经预订了十斤。"母亲是一个节俭持家的女人，中午这顿饭花了六元钱，已经让她心疼不已。

父亲摸了摸我消瘦蜡黄的脸，执意还是要去肉行买肉。

肉行里高高低低挂满了猪头、猪脚和猪内脏。黑奇一踏进肉行，立刻停下脚步，眼睛里惊恐万状，然后连连后退，嘴里发出低沉的嗷嗷的叫声。父亲愣了一下，把钱塞回口袋，带着我们踩着地上的猪毛猪血走出肉行。

　　一阵雨丝从天上飘下来，眼前的风景都蒙上了一层帘幕，叫人看得不真切。干爽的地面逐渐变得湿润，满地垃圾跟泥巴搅和在一起，黏糊糊的，拖鞋踩上去刚刚收起，裤管上就出现了一排泥点。我们来到肉行门口的一个羊肉档避雨。

　　这个木结构的羊肉档的顶上铺了一层塑料薄膜，从这里能清晰地看到天上的乌云以及淅淅沥沥落下的雨滴。档主是一个四十岁上下、满脸胡茬儿的男人，他坐在羊肉摊桌旁边，一脸不悦地看看我们，又看看桌上的羊肉，好像嫌弃我们是来避雨，而不是来买肉的。父亲友好地朝他笑了笑，他没有回应，扭头看向大街。大街上有的人撑起了雨伞，有的慌不择路用手挡住脑袋四处寻找躲雨的地方。在慌乱的人群中，我看到一个熟悉的身影——石头大伯！他挑着年货，正手足无措地站在街上淋雨。

　　"大伯！快过来！"我朝石头大伯喊了一声。

　　石头大伯便晃晃悠悠地跑了过来。

　　黑奇也挪到我们旁边。

　　冬天的雨湿冷冷的，雨里裹着风，风里夹带着雨，即使站在屋檐下，我浑身瑟瑟发抖。黑奇身上滴满了雨水，雨水在它滚烫的身体上蒸发，升起了白茫茫的水汽，仿佛在冒烟。羊肉档口的一头挤满了躲雨的人，另一头只有档主一个人。石头大伯的货挑子一放下，躲雨的人这一头立刻显得更加拥挤，我们和黑奇往档主的位置横移了一点。黑奇挪动的时候，档主非常不乐意地瞥了一眼我们，黑奇的眼睛怔住了，档主也愣了一下，好像在回忆着什么。雨下得更大，天上像挂了厚厚的白帘子，冰冷的雨滴在店铺的屋顶上开了花，汇聚成溪流，顺着屋檐流下来。南方的春节十有八九都会下雨，冷风吹来饭店的菜香，风的味道就成了年的味道。黑奇强健的后腿抖动了一下，似乎是舒展筋骨，它的两只小眼眯缝起来，眼神里出现了让人既陌生而又害怕的光。档主准备起身，一道黑影就已经扑了过来。

　　档主被撞翻在地，一条腿伸直，另一条腿曲在

一边，身上有黄色的泥水滴下来。黑奇张开獠牙，獠牙上唾液黏稠成丝，向档主步步逼近。档主在泥水地面上往后退，慌乱中摸到掉到地上的屠刀，对着黑奇的脑袋劈了上去。黑奇往后一闪，盯着档主左右寻觅进攻的机会，档主坐在地面上转动身体，举刀防御。

人群一阵骚动，随后又鸦雀无声。

"这狗腿子就是打狗队的！"石头大伯叫道。

人群里除了我们和石头大伯，都是来自其他村的村民，但大家心有灵犀，向档主投去恍然大悟、义愤填膺的目光。冷风冷雨飕飕地吹进来，滴在每一个人身上，却浇不灭大伙儿眼睛里灼灼的火光。档主一手握刀对着人群和黑奇，一手收拾案板上的剩肉。

档主把案板上的东西分几次拖到一旁的拖拉机上，黑奇偷袭了两次都没有成功。档主摇动拖拉机的发动机，"突突突"，拖拉机放了几个烟屁，在风雨中加速离去，黑奇往前追了几百米，终究被远

远甩掉。雨已经很小了，路面上积了大大小小的水滩，雨滴落在上面，出现了野白菊一样的水纹。黑奇坐在湿漉漉的马路上，嘴里发出"哼哧哼哧"的声音，透露出无可奈何的情绪，眼睛里满是自责的落寞。

腊月二十九那天，黑奇早早离开了家，迈向赶集的方向。那天，人们已经采购完最后的年货，赶往集市的人很少了。三斤大哥的鞋子买大了，回去换，在街头的羊肉档看到了黑奇。档口人去档空，档主把遮雨棚都拆了，黑奇孤独悲愤地站在桌边，双目凛凛地扫视着周围。

4. 年关

除夕说到就到，人们似乎等待已久，又似乎毫无防备。鞭炮声此起彼伏，浓白色的硝烟在鞭炮声传来的地方飘起来，最终散逸在阑珊的烟雨中，留在南山过冬的候鸟一阵阵地惊起，又一阵阵地停在

南山最葱翠挺拔的松树上。在慌忙中点响第一串鞭炮后，家家户户开始着手准备晚上和未来几天的肉菜。即将过去的一年是草香村历史上最为悲催的一年，村里发生了太多太多的事情，在村民心中，也有太多太多不堪回首的记忆。因为猪瘟，每家每户的年猪都不见踪影。村头的屠夫登门拜访了单眼叔公两次，两次都是还没有进门，就被露出獠牙的黑奇撵出很远。

最热闹的是家家户户的池塘。

池塘被挖出一个决口，在决口处放一个网兜，暴涨起来的沟渠一路收纳着池塘流出的水，混浊地流向东边，最终汇入流溪河。寒风料峭，池塘的淤泥透心地凉，大人们依然乐呵呵地挽起裤腿，戴着斗笠，披着蓑衣，深一脚浅一脚迈向池塘中心的最后一摊积水，把勉强还在游动的草鱼抓入桶中。每一口池塘边上都有人插兜围观，抓鱼结束，池塘主人提着满满两大桶鱼回家，小孩们就蠢蠢欲动了。他们脱掉裤子，光着屁股，或者只穿着裤衩在淤泥

中摸索，偶尔摸到漏网之鱼或者大泥鳅、大黄鳝时，就能响起一声尖叫，然后从四面八方就会跑来一堆小孩，这些小孩也加入摸鱼的队伍中。

客家人鱼肉不分家，仅仅有鱼是不足以过完一个春节的，还得有肉。半年前那场猪瘟让草香村远近几个村子几乎一猪不存，家里养的羊也被送去集市换钱买了年货，杀猪宰羊自然而然就被杀牛宰禽所取代。

黑奇看到了上述的一切，看得惊心动魄。

到了中午，草香村家家户户升起了炊烟，厨房里飘来了鸡鸭和牛肉的香味。淅淅沥沥的雨又下了起来，模糊了草香村的房屋和树木。村民们用薯粉熬制出糨糊，把潘伟先生写的春联贴到门上。潘伟先生的字苍劲有力，飘逸潇洒，红色的对联在春风的吹拂下不为所动。一串又一串的鞭炮由每家每户点燃，一缕又一缕的硝烟在烟雨中四散飘荡，孩子们穿上花花绿绿的新衣服走在一起，或奔向小卖部购买飞天鼠，或三五成群玩着大人给的新玩具，客

家山区的年味在这一刻达到了顶峰。

最让人意想不到的是，单眼叔公的女儿婉婉带着她的女儿回到草香村，她们将一起陪伴单眼叔公过年。

从单眼叔公家走出去后，黑奇再也没有回家，它在惊悚惶恐中游荡到下午，然后在噼里啪啦的爆竹声中一股脑儿地钻进流溪河边的芦苇荡里。芦苇荡旁边是一大块稻田，稻田边上种了几棵蜡梅树和桃树。蜡梅花已经凋谢，结出了小小的梅子，梅子上的雨水晶莹剔透，映出芦苇荡模糊不清的影子。桃花开得很红艳，粉红的花瓣犹如一团团燃烧的火焰，这些火焰不断在黑奇的眼睛里燃烧。

夜幕徐徐降临，草香村人家的灯纷纷点亮，像星星一样点缀在山村的各个角落。灯一亮，村民们不约而同地点燃了从集市里采购回来的烟花，一朵朵礼花在半空中炸响，火光照亮了千万年永不间断流向前方的河水，给流溪河边的梧桐和杉树留下深深的暗影，也点燃了黑奇惊恐未定的瞳仁。千百年

来，草香村的春节只有连绵不绝的鞭炮，而今年绽开犹如莲花的冲天烟火则给草香村的新春带来了现代化的气息。

5. 雅琪

吃完除夕夜团圆饭后，婉婉带着女儿雅琪来我们家拜年，给我爸带来了一条香烟，给我妈买了一件外套，还给我带了很多课外书。婉婉阿姨对我们表达了很多的谢意，之后大概坐了十分钟就回去了。这是我第一次近距离见她，也是第一次见雅琪。婉婉阿姨身段苗条，面容非常清秀，黑色直顺的头发在寒风中散发出一阵阵淡淡的香味。为了保暖，大部分人都穿着宽厚肥大的棉裤，我第一次发现穿着紧身牛仔裤的女人是那么的优雅迷人。

我最关注的是雅琪。从出生到现在，我从来没有到过城市，甚至高于两层楼的建筑也没有见过。电视中城市车水马龙、人们衣着光鲜、小孩干净睿

智的样子一直在我脑海中挥之不去，我却又难以亲眼见到。雅琪来自特区深圳，那是中国最现代化的都市，那里女孩子的名字都是如此的清新雅致，不像草香村，小女孩的名字动不动就是玉兰、雪梅、丽红、海燕、淑娟、水莲……土得掉渣不说，名字的重复率还特高，几百人的村子，叫小红的人就有十几个。雅琪那时候大概六岁，读一年级，但是个头却跟我接近，皮肤白皙细腻，两个酒窝时隐时现，笑起来的样子能让人从内心感到温暖。雅琪离开的时候跟我说了一声"哥哥拜拜"，声音好听得跟电视里的童星一样，让人仿佛置身于童话般的温馨世界里。

"咚！咚！咚！"门口响起了一阵急促的敲门声。

"谁呢？"我睡眼惺忪地问。大年三十爸爸买回了很多擦炮，我玩了差不多一个通宵，睡到上午十点还起不来。

"哥哥，哥哥，是我呢，雅琪！"

雅琪不等我从被窝里爬起来就出现在我房间里，她手里拿着一串冲天炮催促我快起来，穿着雪白的裙子和鲜艳的裤袜，两只眼睛忽闪忽闪的，好像会说话一样，我想起了童话故事里的天使，心里泛起一阵波澜。

雅琪用压岁钱买了很多冲天炮和松仁炮却不敢放，我把她带到石头大伯的池塘边。池塘里的水被放掉了，只剩下池塘中央有一小摊水，水洼里有一群蝌蚪大小的鱼在游动。"我教你玩一个火箭钻水轰鱼游戏！"说着，我从雅琪手里抽出一枚冲天炮，对准池塘中央的水洼点着。冲天炮刺刺冒烟，然后"啾"的一声飞向水洼，"啪"的一声响，水洼的水被炸了起来，接着浮起几条炸死的小鱼。"耶！"雅琪高兴得拍手跳了起来，"哥哥好棒！"雅琪的欢呼声引来其他小孩的注意，越来越多的人从远处跑来加入我们。石头大伯的池塘被炸出了一个又一个的弹坑，弹坑里还有鞭炮红色的纸屑。

雨已经停了半天，路上依然湿漉漉的，到处泥

汀不堪。打工返乡的男女青年终于按捺不住，穿红戴

绿地走出家门，三三两两地出现在草香村的每一条小

道上。男的双手竖插在牛仔裤前置的口袋上，头发在

啫喱水的帮助下梳理得一根根清晰可见，脚下白色的鞋光彩熠熠，找不到一个泥点。女青年穿着紧身的裤子和宽松的卫衣，优美的线条散发着爱情的气息，秀美的脸蛋闪耀着青春的光彩。草香村的颜色从来没有如此斑斓，红色、金色、花色、纯蓝、靛青、藤黄、蜜橙……这是老迈的农村重返青春的颜色；草香村的气味从来没有如此迷人，香水的味道、新衣服的味道、定发水的味道、香口胶的味道、护手霜的味道……这是古朴村落跨入新时代的味道。

我们一直嫌弃家乡闭塞，渴望时代变迁，可当时代在一夜之间发生变化的时候，我们又有点措手不及。潘伟先生家里买来了村里的第一台黑白电视，大年初一，在村里各个角落破天荒地有了讨论春晚的声音；打工青年们带回了镭射影碟机，其中传来震天动地的港台音乐声，这些声音震得每个人心跳加速，春心荡漾。老人们一面在穿着紧身衣的少女走过的时候，捂住小孩的眼睛，一面又抬头偷瞄这些线条优美的背影，脸红心跳。穿着布鞋的男人掐

灭了手里的过滤嘴烟头，望着门口残破的农具若有所思：来年是继续捏泥团子，还是跟着打工大军去特区搏一搏命运？

每个人似乎都渴望改变，每个人又似乎难以适从，就连作为一头猪的黑奇也一样。

多少年来，家禽家畜是草香村居民收入的重要来源，一年光景的大部分开支都寄托在养猪养鸡养鸭上。时过境迁，打工的收入秒杀了饲养，孩子学费的来源有了更加简单而坚实的保障，人们对猪牛羊鸡鸭鹅的图腾崇拜一夜之间轰然倒下。"烽烟滚滚唱英雄，四面青山侧耳听……"镭射影碟机传出的歌声在人们的血脉中流淌，却没有在心头铭刻。似乎再也没有人记得，在过去的一年里，一头叫黑奇的猪，曾经在草香村谱写过怎样壮丽的英雄诗篇，给草香村人们带来过哪些辉煌的温馨记忆。

村民们不喜欢黑奇，是因为黑奇残缺的身体在新年里显得如此晦气。单眼叔公也开始不喜欢黑奇，

是因为雅琪。婉婉和雅琪回来之后，单眼叔公每天都享受着天伦之乐，每天都心花怒放。他偷偷拿掉了挂在门口的刀，换上了鲜艳的"福"字。大门从早到晚都热情地打开，屋内打扫得一尘不染，地板闪闪发光，让久违的春风吹进来，让四周的小孩走进来，让快乐的笑声传出来。

但是黑奇除外。

雅琪出生于大城市，身上自然有一股娇贵之气，雅琪不喜欢黑奇是理所当然的事情。毕竟，黑奇太丑了，太脏了，它像狗一样摇动尾巴的样子太恐怖了。所以，单眼叔公把黑奇赶出了家门，赶到我们家废弃了大半年的猪圈里。当单眼叔公假装非常生气拿鞭子抽打黑奇的时候，雅琪在旁边咯咯地笑，不知道是笑单眼叔公的勇敢，还是笑黑奇的可怜。雅琪还小，还不懂事，她更加不知道在过去的时光里，黑奇、单眼叔公和草香村都经历过什么。单眼叔公当然记得，但是雅琪百灵鸟般的笑声足以融化他伤痕累累的心，足以让他做出很多不可理喻

的举动。

黑奇非常茫然，初二初三的那两天，它常常独自守在我家门口的草垛上，望着单眼叔公门口的方向，望着南山的方向，黯然发呆。人们行色匆匆，或驻足嬉闹，没人愿意看一眼这只单耳朵、丑陋无比的猪。黑奇是落寞的，好像全世界都把它抛弃了。

所以，黑奇做出了改变。它开始讨好雅琪。

放鞭炮的时候，黑奇跳进冰冷的池塘，把我们扔下来的鞭炮拱进淤泥洞里。鞭炮响起，泥水四溅，雅琪笑得像春风中的银铃。更有趣的是，黑奇的操作还会给我们带来意想不到的收获。炸出一条泥鳅、一条黄鳝是常有的事，有几次还炸出了半斤重的塘角鱼。童年的快乐，就在黑奇来回的奔跑和鞭炮连续不断的爆炸中荡漾开来。导火线有长有短，鞭炮的爆炸也有快有慢，好几次黑奇还没有把鞭炮拱进洞里，鞭炮就急促地爆炸了。那天下午回家的时候，黑奇的鼻子周围有一大圈不规则的黑色和红色，那是鞭炮爆炸后火药的颜色，以及它鼻孔被炸

裂后流血的颜色。天空总算放晴，夕阳西下，残阳如血。

黑奇滑稽的配合并没有改变雅琪对它的态度。但黑奇没有气馁，它在努力。

有一次，雅琪新买的风车掉进了水沟里，我们都无计可施，毕竟，草香村唯一的排水沟真的太深太臭。黑奇二话不说就跳下去，费了九牛二虎之力把风车叼上来，然而，叼咬并不是黑奇的特长，风车被黑奇咬折了，上面还沾满了黑奇的口水。雅琪接过风车看了看，重新扔进水沟里，伤心地哭了。黑奇不知所措地站着，料峭的风从它身上吹过，透心地冷。

那天中午，黑奇像犯了错的孩子一样，它满村子转悠，终于抓到一只老鼠。黑奇讨好地把老鼠送到雅琪面前，雅琪吓得转身就跑，哭得梨花带雨。单眼叔公一气之下，操起扁担把黑奇撵出去很远很远。

第六章

1. 提防

那些年月，只要过了腊八，就开始掰着指头数着还有多少天过年，好像过年是一个非常遥远、难以到达的目的地。然而吃完年夜饭，烧掉跨年的鞭炮，时光就飞向年的另一个方向。每个孩子都渴望把年一直留住，可是在不知不觉之间，日历就翻到了初五初六。

返乡的青年陆续离开家乡，走向远方。田间地头再次出现村民勤劳的身影，松土、浇水、割草、烧灰……一弯身躯就是一座大山，草香村人就是这样岁岁年年、年年岁岁耕作不休，坚韧地活在这片贫瘠的土地上。尽管春寒料峭，但是桃花已经盛开。挨挨挤挤粉红色的花瓣，就像南山晚霞一样缀满河

岸，笑遍山岗。天转晴好几天了，薄薄的阳光洒在草香村的每一块土地上，仿佛盖上的一层蛋壳色的轻纱。流溪河岸的杉树和梧桐树的湿漉漉的树干有了干燥的颜色，小路上的泥土也开始粗粝板结起来。并不温暖的风从南山顺着流溪河的方向一路吹下来，吹得树木摇摇晃晃，吹得桃花从树上脱落，打着转儿飘到流溪河波澜不惊的水面上，一起一伏地荡向北方。

这些情景，在草香村已经重复了一千年、一万年。没有人会感受到其中的诗情画意，春风的变暖和桃花的凋零只是在催促着他们赶紧扛起锄头，拿起镰刀，拽起牛绳，不要错过春天劳作的任何一个时机。

雅琪像发现了新大陆一样兴奋。等单眼叔公下地了，妈妈看书入迷了，她就偷偷溜出来，在一棵棵桃树下流连。流溪河畔桃林中，人面桃花相映红。雅琪有时候托着下巴蹲在羊宝潭岸边的桃树下，看蜜蜂飞舞，看桃花翩跹，看河水淙淙流动，瞳仁里

满是天真和迷惘的色彩，旁边是她妈妈当年提着沉重的木桶走向河边的小路。不知道那个时候，她是否感知到当年妈妈经历过的点点滴滴，不知道她是否理解妈妈从来不愿意走在这条小路的原因。羊宝潭溅起的水花，落到她的脸上，那是泪珠的模样。

春风吹响了万物生长的号角。年前撒在稻田里的紫云英似乎在一夜之间长了起来，娇嫩的身躯漫过了稻苗桩子，铺展成绿色的深邃的海洋。妇女们把各种粪便挑到田里，在紫云英的世界中堆积出一座座的黑色山包，几只留守的小鸟出现在山包上，啾啾往下啄食，也不知道吃到了什么。耕牛挂上犁耙耕耘在大大小小的稻田里，它们吃一口紫云英，又摇晃脑袋往前赶几步，田垄便在新鲜浓郁的泥土味中有规则地出现了。黑奇跟在耕牛的后面，新翻的田垄中冷不防出来一条泥鳅或黄鳝。黑奇扑上去，用前爪按住它们，伸出舌头一卷一收，抬头呷巴几下吃了下去，那动作像极了黄鼬吃食的样子。母亲心痛黑奇，每天晚上都会往猪圈食槽中倒入剩饭剩

菜，第二天早上，除了猪圈的稻草被黑奇压实了一些，什么都没动过。母亲只好叹了一口气，把还没有变质的猪食舀到鸡窝里。

雅琪总是如期出现在田野里，出现在河岸上，就像草香村人家的鸭子这几天准时出现在流溪河一样。每次雅琪出现，黑奇都会停下脚步抬头望着她，高冷的表情立刻变得难以捉摸。而当雅琪出现在流溪河岸时，黑奇总会悄悄靠近，然后眯起眼睛，翻起嘴唇，露出两排尖利的牙齿，嘴巴重重地呼着气，两条后腿压低收缩，好像要发起冲锋一样。雅琪稍有回头，黑奇就会降低重心，趴在田里，黑色的身躯看起来像隆起的粪堆。山鸡叔叔和牛蛋阿哥好几次看到黑奇在雅琪不远处露出雪白的獠牙，獠牙的反光像打碎的镜子。他们捡起石头撵走黑奇之后，告诉单眼叔公要提防黑奇，万一出事就不好收拾。

单眼叔公从此多了一个心眼，他和婉婉轮流陪着雅琪，黑奇再也没有机会靠近。大年初十的晚上，天空莫名其妙地下了一场不小的春雨，雨声凄厉忧

悒。单眼叔公右眼皮扑腾扑腾地跳，好像拉了一根皮筋，单眼叔公用手压下去按住，眼皮不跳了，里面似乎有一条虫子在往上蹦跶，一松手，眼皮跳得更厉害，连眼珠子都在晃动。左眼跳财，右眼跳灾，单眼叔公有一种不祥的预感。妻子自杀那天，单眼叔公的眼皮也是这样跳的。

2. 群愤

第二天上午，单眼叔公放下农活，形影不离地跟着雅琪。

灾祸还是发生了。

吃完午饭，单眼叔公照例去午休，让婉婉看着雅琪，雅琪趁妈妈洗碗的工夫，跑到羊宝潭边去看桃花。一个黑影冲向羊宝潭，羊宝潭方向传来一声惨叫。四凤婶是唯一的目击者，她已经说不清到底是先听到惨叫，还是先看到黑影，总之后来潭水里传来断断续续的呼救声。草香村的老老少少纷纷从

家里涌出来，会聚到羊宝潭周围。单眼叔公和婉婉跌跌撞撞，一边摔一边爬，他们出现的时候，石头大伯、三斤大哥和光头叔公已经在手忙脚乱地救人了。正午的阳光灼人眼球，羊宝潭上飘起的水汽四处逃逸，水面波纹层出不穷，奔腾的水声如士兵搏杀，恐怖瘆人。

雅琪在水中不停地挣扎，双臂慌乱地拍打水面，溅起的水花，不断下沉的身体，让人感受到了死亡的气息。黑奇死死地咬住雅琪的衣服，用力地把她扯向雅琪挣扎游动的相反方向。围观的男女老少，各有各的表情，各有各的言行。

"阿妹子是被猪撞下去的。"

"对，山鸡说这猪跟踪阿妹子两天了。"

"造孽啊！下水了，还紧紧咬住不放……"

"这潭八成有鬼，这猪是水鬼投胎的。"

……

石头大伯终于用钩子钩住雅琪的腰带，三斤大哥和光头叔公的棍子噼里啪啦打在黑奇的身上。黑

奇的身体随着落下的棍子轻微颤动，紧咬的嘴巴始终没有松动。

"快！戳它眼睛！"不知谁建议。

三斤大哥的竹竿是削尖的，刚在黑奇身上留下大大小小的血口子。他想都没想，对准黑奇的左眼用力一捅，"嗷！"伴随着眼皮的裂开和鲜血的汹涌，黑奇打了一个激灵，松开了嘴巴。人群一阵骚动叫好，与此同时，石头大伯往前一倾斜，跟跟跄跄差点被钩子扯到羊宝潭里。幸好上屋叔公反应快，一把抱住了他，然后，一群男人冲上去，像拔河一样抓住钩杆，把雅琪往岸上拖动。水潭漩涡的吸力实在太大，好几个男人费了九牛二虎之力才把雅琪拖上来。

昨晚的雨水把河岸的石头洗得干干净净，漫滩的沙地被拍打得平平整整。潘伟先生早就做好准备，他麻利地打开磨得油亮的行医袋，拿出白毛巾把雅琪的口鼻清理干净，捏住她的鼻子朝嘴里吹进一大口气，再双掌交叉，有规律地在她胸口上按压。单眼叔公摸摸索索地坐在旁边的一块石头上，发黑的

嘴唇张张合合，双手按在石头上左右抖动，好像在冰天雪地里受凉的样子。河水从羊宝潭上游冲击下来，哗哗啦啦，在阳光下显得凶猛无情，一枝桃花和几朵脱落的花瓣漂在打转的水面上，好像刚要漾出水潭，很快又收了回来。黑奇游到岸边，全身伤口流出的血像一条条红线在浅水里抖动，一个浪打过来，立刻就消失得无影无踪。越来越多的村民赶来，羊宝潭上的桥面已经站不下人了，漫滩上的人也站到了浅水边，鞋子袜子都泡在水里。

潘伟先生按压了两分钟后，雅琪肚子向上一挺，抽动了一下，吐出了一大口水，接着胸口有了规律地上下搏动。潘伟先生停下按压，吩咐三斤大哥把不远处正在吃紫云英的老牛牵过来，人群中立刻闪出一条道。潘伟先生把雅琪抱到牛背上，让牛背骨顶着雅琪的肚子，牵着牛走了几米，雅琪吐出了越来越多的水。

太阳红殷殷的，像极了黑奇身上正汩汩外涌的鲜血。岸边桃树枝干粗糙洁净，几条树根伸进羊宝

潭的水里，在流水的冲击下前后晃动，孤独无依。两株柳树已经有了浅绿色的叶子，垂下来的枝条像无数根鞭子在抽打水面。雅琪苏醒过来，抱在婉婉身上哭得撕心裂肺。单眼叔公的身体渐渐趋于平稳，眼睛里迸射出一种特别的物质，这种物质在慢慢地燃烧，像火炬一样烧红了单眼叔公的两个眼眶。他扭头看向黑奇，黑奇站在一旁神色暗淡，不断冒出的血珠子挂在腮上，汇聚成一条小小的血流，滴淌在漫滩上，冰凉的河水混着鲜血，在它身上蒸发成淡淡的雾气，水分的蒸发让黑奇感到更加寒冷，冷得它龇牙咧嘴，锋利白色的獠牙再次在阳光下闪亮发光。

　　单眼叔公摸起一块最硬的石头，调整了一下握住石头的手势，让最尖锐的地方朝外。一声闷响，仿佛是杀牛时铁锤敲头的声音，黑奇的脑袋挨了石头重重的一击。一道十多厘米的惨白的口子裂开，口子迅速变换颜色，然后一股红色的液体汹涌而来。黑奇晃动了一下，走到单眼叔公跟前，摇了摇尾巴，张开嘴，

似乎在解释什么。但是，所有人都看到的是，黑奇朝单眼叔公露出了满嘴獠牙，这些獠牙像一把把锉刀，锋利无比。说时迟，那时快，山鸡叔叔从人群的一个妇人手中抢过一把割猪草的镰刀，对准黑奇的脖子一砍，黑奇本能地一躲，镰刀划过它的右耳朵，一只完整的黑色的猪耳轰然掉落在漫滩上。

"砸死它！"

"砸死它！"

"砸！

……

人群躁动起来，空气中布满了愤怒与狂暴，耳边响起打雷一样的吼声。黑奇从人群缝隙中窜了出去，屁股后面跟着雨点般的落石，有的陷进田埂的土里，有的落到坚硬的路面上弹起来，更多的击中了黑奇的身体，然后无力地掉在地上。当黑奇跑出石块的射程时，它回头看着义愤填膺的人群，眼神里充满了哀怨和无辜。单眼叔公握紧拳头，胳膊上是隆起的肌肉，古铜色的脸上突起两个咬牙的印迹，好像里面咬了两

颗子弹。他操起石头大伯用过的钩杆，朝黑奇的方向
奔了过去。黑奇四腿一蹬，朝南山的方向一路猛冲，
留下一个粗重的黑影，再也没有回头。

3. 真相

阳光是血色的，延伸到南山的山路也是血色的。
此时此刻，再也没有芬芳浓郁的花香。

潘伟先生收拾行医袋，打道回府，围观的村民
们也退回到四面八方的瓦房里，人群越来越稀疏。
流溪河水依旧静静地流淌，偶然从上游漂下来萝卜
和菜叶，在水里漂了一会儿，便旋转着沉入深不可
测的水底，在水底慢慢滚动，一层层沙子很快就把
它们掩埋了。微风又吹了过来，羊宝潭岸边的桃花
脱落了几个花瓣，河水搭乘桃花伤感地呜咽。

换上温暖的衣服，喝上两碗姜汤，雅琪温暖地
睡了过去。睡梦中，雅琪很多次惊恐地呼喊黑奇的
名字，额头上沁出了大颗大颗的汗珠。婉婉把雅琪

紧紧地抱在怀里，思绪也不由自主地回到二三十年前，两行滚烫的液体从脸颊处流下，滴在地上，画出了梅花的印迹。

月光皎洁如水，草香村一片清冷光辉。从惊恐中醒来的雅琪说出了事情的来龙去脉。原来，雅琪被羊宝潭漫堤上的桃花吸引，站在桥上伸手去摘桃花，够不着，又走下漫堤，爬上桃树去折桃花，桃枝断裂，脚踩的枝丫也同时断裂，雅琪看到了天上有无数条大小不一的光柱，手里的桃枝扔到空中。紧跟其后的黑奇毫不犹豫地冲过来，闷头跳进水里，用力咬住雅琪的衣服把她往岸上拖动。雅琪的叫喊声惊动了正在采艾草的四凤婶，于是就发生了后面的故事。

婉婉和单眼叔公的眼神碰在一起，又迅速地转移开。单眼叔公划着火柴点燃了一根过滤嘴香烟，用力地吸了起来。香烟一明一灭，单眼叔公黝黑的布满褶皱的脸庞一阵红一阵黑。月色如水，夜风浮动，羊宝潭漫堤上桃树的两个新鲜的伤口暴露在委屈的空气中，尖锐的断痕刺破了夜空和游云，桃叶

和桃花互相碰撞发出的声响和着哗哗啦啦的水声，仿如幽灵哀怨的悲鸣。潭面上的波纹依旧层出叠现，荡漾在水面的桃枝和桃花早已不知所终，只剩下暗黑的河水映着两岸的风物，孤独惆怅。从羊宝潭延伸到南山的弯弯曲曲的道路上，血迹已经变黑，一如黑奇从来不变的瞳仁。

两天后，婉婉带着雅琪回了深圳，单眼叔公独自来到南山脚下，一遍遍地呼唤黑奇的名字，声音在山谷中空空洞洞的，连回响都没有。

第七章

1. 变 迁

草长莺飞，水漫田畴，时光如乱云飞渡，刷新着草香村的一景一物。

流溪河一如既往哗哗啦啦地流动，翻滚的水花

独自讲述涛声依旧的故事。羊宝潭上的桥沿用杉树架起了围栏，抽泣的河水从此听起来没有当初那么恐怖。村长在村口的大声公上装了一盏路灯，尽管昏暗无比，依然点亮了村民对未来的期待。白炽灯逐渐代替了旧式电灯，彩电也似乎在一夜之间走进了千家万户，以往一到天黑，男女老少就搬着椅子到潘伟先生的晒谷场看黑白电视，连广告都看得津津有味。经过两年的推广试验，抛秧取代了插秧，村民告别了春耕时面朝黄土背朝天的日子，大人小孩都抓着带着泥土颗粒的秧苗往空中抛撒，秧苗纷纷扬扬地落下，落在草香村每一块平整的水田里，也落到每一个人幸福洋溢的眼睛里。

时代的变迁，让很多人欣喜不已，也有点准备不足，手忙脚乱，他们忙着去思考未来的路要怎样走——打工是不是比读书有着更好的出路？为了耕地一年四季养着一头牛是否合算？养猪该不该将猪草改为饲料？……很多很多的问题，都变成了村头店角让人争执得面红耳赤的谈资。尽管在过去的一

年，草香村发生了太多太多的事情。这些事情对于粤东北一个小小的山旮旯村落来说，放到历史上都可能是深重的灾难，但是人们选择了遗忘。是的，不管哪里的人们，尤其是穷乡僻壤和苦难深重的人，对待并不快乐的过去，遗忘是最好的方式。

遗忘也是人类从远古时代蓬勃发展到现代最好的选择，很多时候，沉溺过去并不能让我们吸取多少教训，反而让心灵深处愈合的伤口重新撕裂，痛苦不堪。所以，我们选择了往前看，就像客家人风水学中非常讲究门前左高右低一样——心理学家说，一个人回首往事的时候，会不自觉地往左看，畅想未来的时候，会不自觉地往右看，门前左高右低能让我们习惯忘记过去，谋划未来。所以，当一个人遭遇家人去世，安慰他的最好方式绝不是帮他去回忆先人的过往，而是跟他说未来的日子应该怎么度过。

单眼叔公是一个另类。

单眼叔公的过去和未来是纠结不清的，相对于

板上钉钉、难以操控的未来，单眼叔公更耿耿于怀的，是那些不堪回首的过去。尽管婉婉花钱让人把他家里所有跟电有关的用具都换了一遍，但是夜幕降临的时候，单眼叔公还是习惯拉下所有的开关，坐在门前的石条凳上，用心观察着这个让他熟悉而又陌生的世界。夜色微凉，虫子用叽叽吱吱的叫声演奏一曲告慰亡灵的哀乐，蛤蟆在池塘边用不甚规则的声音击打着有气无力的鼓点。南山顶上，星云的图案像极了单眼叔公妻子简陋的灵堂，几颗闪亮的星星一眨一眨的，仿佛单眼叔公妻子年轻时明亮的眸子。恍恍惚惚之间，单眼叔公感觉在南山脚下的坟包里升起了磷火，磷火散布到天上，变成了妻子美丽的轮廓，这个时候，两行滚烫的液体从他凹陷无光的眼眶里渗出，然后顺着刀疤流下来。

　　单眼叔公表现出另类的另一个表现是，草香村的人们逐渐放弃了南山脚下贫瘠的山地，他却如获至宝，抛完秧苗就在那里披星戴月地种茶叶。那个年代茶叶不值钱，单眼叔公也不爱喝茶，人们难以理解单眼叔公一口气种了四亩茶叶的行为。

人们难以理解，也没空去理解，因为大家都在春耕告一段落后，到乡里撕下赶往城市的车票，去寻找发财的机会了。单眼叔公早出晚归，累了的时候，就把锄头用力锄到地上，然后坐在锄柄上，从发白的裤兜里掏出香烟点上，烟雾萦萦绕绕，黑奇的形象影影绰绰，耳边嗞嗞啾啾，黑奇的叫声忽远忽近，渐渐清晰。单眼叔公耳朵一动，眼睛一睁，黑奇的形象和叫声在一瞬间消失不见。

那段时间，草香村和邻村依然发生了很多的事情，这些事情单眼叔公无从得知，大部分事情都是无关紧要的，除了下面这件。

2. 救赎

自从年初开始普遍使用煤球作为燃料后，粤北山区的植被就得到了很好的保护，山上的动物放肆繁殖，野猪、果子狸、竹鸡和獾开始泛滥成灾，各

村村主任自发组织村民围剿糟蹋农田的野生动物，野猪就是第一目标。树高村的两个猎人在山坳口伏击了一头三百多斤的母野猪，由于紧张，子弹只打中野猪的肚子，中了枪的野猪一路嚎叫着逃窜，年迈的猎人根本撵不上。野猪下山后见人就追，人们奔走相告，纷纷躲进屋里避难，躲闪不及的就近爬到树上，让野猪望洋兴叹。有一个老人耳聋眼花，等反应过来时已经被野猪撂倒，野猪像饿死鬼一样在老人身上疯狂地拱推和撕咬。十几个丁壮操起家伙对野猪发动了饱和攻击，才把它赶跑。老人肚子上破了两个大口子，肠子流了一地，家人用门板把他抬往乡里的卫生院，还没到半路就已经咽了气。

野猪从高树村流窜到草香村，村主任用大声公呼吁村民躲到家里，不要出门，然后从柴房的暗洞里找出一把祖传的猎枪，猎枪锈迹斑斑，但枪管刷得油亮。

村主任和高树村的两个猎人尾随野猪跑往南山。正值午后，太阳像一把火炬，绿油油的稻苗有气无

力地抬着头。从村口到羊宝潭，从羊宝潭到南山坳，一路上，野猪身上滴下来的血像鞭炮炸裂后的碎纸，空气中弥漫着一股难闻的腥臭味。

野猪出现的前一秒，单眼叔公正挥汗如雨地锄着地，从大地深处飘来的泥土和草根混杂的青涩腐烂的味道，单眼叔公已经闻惯，不新不奇。单眼叔公朝手里啐了一口唾沫，举起锄头使劲往下一砸，锄头还没有落地，鼻尖就出现了一股奇怪的腥臊味，这股味道有点陌生，又有点熟悉，陌生的感觉让单眼叔公眼角飘过一阵惊恐，熟悉的感觉让他内心又有一丝兴奋。腥臊味越来越浓厚，还伴随着树枝被踩踏折断的声音，以及粗重痛苦的呼吸声。单眼叔公一回头，一头黑色的巨型野猪撞入眼帘，他的两只眼睛顿时出现了一致的暗淡。野猪身形肥硕，脏乱的猪鬃倒向一边，凝结在鬃毛上的血条还在不断渗透滴落着血水，身上有几十处被石头和竹竿袭击过的伤痕。它停下脚步，低头瞪着单眼叔公，嘴里哼哧哼哧，嘴唇上下翻动，又尖又粗的獠牙闪动着

磷火一般的光芒。野猪抖了抖后腿，健硕的肌肉在空气中颤动了几下，前腿屈伸，哈喇子从獠牙旁边流了下来。单眼叔公知道，野猪准备向他发动攻击，他握紧锄头的双手使了使劲，稻秆色的手臂隆起了一块块肌肉，像秋天熟透了的玉米棒子。阳光正旺，锄头反射着炽热的光，给人一阵眩晕感。这是一场强弱悬殊的对峙，尽管对峙仅仅持续了零点几秒，对峙的力量对比依然透露出一丝滑稽。单眼叔公已经垂垂老去，单薄佝偻的身躯在野猪面前就像老鼠站在猫的对面。

天空中一丝风也没有，遍地茶树肃然默立，山沟里的野芭蕉擎着绿色的旗帜，像刷了一层绿漆，汩汩生辉。零点几秒之后，野猪眼睛眯了一下，脑袋压低，四肢做出发力的姿势，这是进攻的号角，令人感到不祥。但是一闪念之后，野猪全身积蓄的力量松懈下来，目光向上调整了高度，瞳孔里流露出惊诧与愤怒。

猛烈的阳光把茶树和野芭蕉高高地压着，南山特有的虫鸣声夹杂着一丝丝的诡异。单眼叔公疑惑地回头瞅了瞅，眼前的景象着实让他吃了一惊，汗液从身体的每一个细胞缝隙中渗透出来，粘住了陈旧的衣服。在单眼叔公背后十多米远的一棵老松树下，两只白炽灯泡一样的眼睛在一大团黑乎乎的毛发中转动，黑色毛发柔顺整齐，十几个醒目的疤点闪亮其中。眼睛周围的部位哼哧点动，单眼叔公看到了一只残缺锐利的耳根。

——黑奇!

仅三个月的光阴，黑奇已经完全变了当初的模样，全身肌肉高高耸立，仿佛南山各处隆起的山包，身形也更加庞大，料是有两百斤了。前前后后，四道深绿色的光线射向自己，单眼叔公胸膛里的器官砰砰啪啪地激烈碰撞着，他感觉心脏已经跳到了嗓子眼，两腿之间似乎有一股液体要喷涌而出。静默片刻后，单眼叔公看到前后各有一阵尘土扬起，两个黑影像坦克一样朝自己冲了过来，这两辆坦克一大一小，跑得前仰后合，跑得呼哧呼哧，植物的残

骸在它们的脚下断裂粉碎，声音清脆骇人，仿如骨头断裂的声响。野猪和黑奇跑过的地方，茶树被风吹得一阵晃动，好像受到惊吓的孩子。单眼叔公的脸色如庙中的塑像一样狰狞恐怖，他嘴巴张大，舌头一伸一缩，目光好似蜥蜴，呆板不动。一种从未有过的冰冷从他脚底升起，升到他的腹部，然后聚合成强大的压力，这压力让单眼叔公的眼睛像盖了一层黑纱，气管被紧紧地堵住。

单眼叔公手挂锄头，闭上眼睛，放弃了所有的抵抗，等待命运之神的裁决，等待生命屠刀的落下。"嘣——"一声闷响，就像巨石砸进泥土，又像春节燃放的土炮炸响，单眼叔公看到黑奇风一样从自己身边过去，跟野猪结结实实地撞到一起。野猪被撞倒在地，压折了几棵茂盛的茶树，黑奇被弹开滚了两圈，在茶园里压出了长长的凹陷。茶树下的灰尘还没来得及飘起，两头黑色的家伙再次迎上撕咬在一起。野猪强壮，每拱撞一次都能把黑奇掀翻。黑奇灵活，每一次攻击都能准确无误地咬上野猪一口。

太阳燃得很旺，战场逐渐扩大，一棵棵茶树在战事中折断，倒下，跟泥土混在一起。猪蹄飞动，猪头铿锵，飞溅的泥土在空中划出一道道弧线，像大年三十升起的礼花，更像夜晚穿山甲抛掷的泥沙。泥土落到晃动的茶叶上，落到单眼叔公发黄的衣服上，星星点点，充斥着干裂腥臭的味道。战争旷日持久，难以分出胜负，两只黑色的家伙身上伤痕累累，伤口汩汩冒血，如果不看外形，根本分辨不清谁是野猪，谁是黑奇。姗姗赶来的村主任和猎人把单眼叔公从战场中拖了出来，然后举起三支铁锈斑驳的双管猎枪。"别！"单眼叔公的喝止声就像一道命令，从散发着机油怪味的枪口里，射出一阵密集的子弹。枪声沉闷，像草香村雨夜时阴沉沉的狗叫。单眼叔公看见野猪那个布满伤口的头颅上迸出红黄相间的液体，溅得茶树变了颜色。单眼叔公还看到黑奇的肚子上啪啪啪裂开三个洞。黑奇痛苦地叫了一声，一头栽倒，压在三棵早已伏倒的茶树上。单

眼叔公撕肝裂胆，双腿打战，趔趔趄趄扑过去，趴到黑奇身上。

山谷安静，落尘有声，蚊虫只飞不走，茶树安详庄重。单眼叔公的身体瘦弱不堪，他声泪俱下，大声叫道："黑奇——黑奇——"这一声声的喊叫渗透了人间的悲凉，人与动物的深情，高尚勇敢的缘由。

枪弹射穿了黑奇的肚子，露出了惨白的伤口，单眼叔公止不住伤口的流血，黑奇随着鲜血的流失，肚皮的搏动越来越弱，越来越慢，满是新旧伤口的双眼露出两道困惑迷惘的光芒。

山鸡叔叔、石头大伯、牛蛋阿哥和光头阿叔都来了，他们帮着单眼叔公把黑奇往草香村的方向拖动。单眼叔公一言不发，表情似屋顶破裂的瓦片，草茎羁绊着他，芒草割锯着他，弹起的枝条鞭打着他。

那天下午，单眼叔公把黑奇埋在流溪河畔，埋在掩埋黑奇妈妈的地方。

那个晚上，单眼叔公坐在家门口的石礅上，哭得像一个孩子。

3. 终章

时间的可怕在于，不管你身边发生了多么深重的灾难，纸钱撒完，其他人的生活依然照旧。善良的人会在你极度悲伤的时候为你侧目，给你一句感同身受的安慰，而对于很多人来说，你的故事或者你的事故，只能成为他们无聊之时的谈资，这些谈资是他们生活中快乐的一部分。

埋葬黑奇之后，单眼叔公的生活变化很大，他似乎又回到了从前特立独行的样子，回到了跟万事万物苦大仇深的样子。在村主任的建议下，婉婉把单眼叔公接到深圳，草香村夜晚亮起的灯火就此少了一盏，但是人们很快就习惯了，好像什么都没有发生过一样。

不过此后几年的清明，单眼叔公还会跟着婉婉

回来给妻子扫墓。扫墓回来，穿过羊宝潭上新修的水泥桥，单眼叔公总是独自来到埋葬黑奇的地方，松几锄头土，然后点上一根香烟，挂着锄头朝着南山的方向发呆。香烟一直燃烧到过滤嘴，单眼叔公始终没有吸一口。

我读高中的时候，单眼叔公在深圳仙逝。此后，婉婉和雅琪再也没有回来。

前几年，一条省道穿越南山。每次驱车经过南山，我总是情不自禁地靠边停车，然后摇下车窗，让南山的风一阵一阵地吹进来，吹乱我的衣襟。当我懵懂可爱的孩子们问我的时候，我总是苦笑不语。

世界变化越来越大，草香村的人们啊，你们是不是早已忘却了黑奇的传奇故事？忘记了曾经有一头丑陋的单耳朵猪，艰难地生活在草香村这片苦难深重的土地上？忘却了它生命的历程，跟我们祖祖辈辈的很多人，是如此的相似？

坐在南山脚下，听着黑奇从遥远时空传来的悲壮的叫声，什么荣华富贵，什么纸醉金迷，什么功

名利禄，统统都可以忘记。沧海桑田都不必在意，当太阳升起的时候，我们一定知道自己来自何方。

我们也终将是过客，虽然带走了草香村以及这里人和事的点点滴滴，但我们懂得了珍惜，无论行至何处，即使年华渐渐老去，也要唱吟过往。

后　记

　　读过我近年作品的人总会问我，小花狗的故事是不是真的，四只鸭子是否真的存在过，草香村在哪里？这个时候，我常常笑而不语。作品来源于生活，又高于生活。我的所有作品，没有一个是写实的，但是作品中的很多情景，很多画面，在我童年的生活中都非常真实地存在过，甚至比作品中的它们还要深刻，还要打动人心。

　　这么多年来，我能笔耕不辍，很大的原因是我很想让我的读者和我的孩子看看，我们这代人的童年曾经是多么波澜壮阔，生活的原色是如此纯净无味。但是纯粹的写作谈何容易，闪烁的霓虹、广场

上的音乐、孩子拿来签名的一份份作业、手机里蹦出的一条条信息……我常常为了调整心情紧闭门窗，在书房静坐到半夜，脑子里依然空空如也，心潮却在文山会海、墨突不黔的日常中起伏。

2022年"五一"假期，我带上家人旅居位于增城偏远山区的一家民宿，白天抓鱼拔笋，晚上独自漫步在乡野，享受明月清风，感受万籁俱寂，童年的往事就一幕幕地出现在脑海之中。记得有一天晚上，夜风罕见地凉爽，溪水声格外动听，我对着电脑，望着窗外的一景一物，文思如泉水一般汩汩涌出。那一次，我见到了童年最真实的夜晚；那一次，我见到了广府凌晨升起的太阳；那一次，我完成了《黑奇之痛》的全部初稿。

说到作品，就不能不提到草香村。其实，草香村只是我写作坐标的原点，福斗村，才是我们真实生活的归宿。如果把时间拉回到二十世纪八九十年代，你会发现，这两个村子是如此的相似。浮云游子意，落日故人情。我是一个有深厚乡土情结的人，虽然在故乡的时间只有十四五年，但是无论到了何时，走向何处，只要想起故乡，我就会意犹未尽地想起故乡的童年，想起发生在这片土地上的每一段过往，那些时候，我也总会热血沸腾，甚至泪流满面。

小时候，我们一遍遍地发誓，要冲出这片被浓雾锁住的苍山。长大了，我们又一遍遍地祈愿，要重新回到魂牵梦萦的家乡。家乡的人，家乡的水，家乡的绿茶，家乡的杉树……如此的亲切，又是那么的遥远。如今是熏风六月，在家乡的梯田里，绿油油的稻苗正在抽穗扬花，屋后粗枝大叶的玉米正在生须长棒。成年的喧嚣和明亮，童年的快乐和幸福，如同故乡清亮的溪涧，在绿意盎然的田间地头淙淙流过。阳光金子一般灿烂，水面碎银一样闪亮，映照出的是稻田的影子、玉米的高度，以及人类生生不息的模样。

离恨恰如夏草，更行更远还生。愿你，有往事可追，有快乐相伴，有故乡挂念。